КСЕНИЯ
БУКША

ЧУРОВ
и ЧУРБАНОВ

Роман

ИЗДАТЕЛЬСТВО АСТ

РЕДАКЦИЯ
ЕЛЕНЫ
ШУБИНОЙ

МОСКВА

УДК 821.161.1-31
ББК 84(2Рос=Рус)6-44
    Б90

Художественное оформление *Виктории Лебедевой*

Рисунок на переплёте и иллюстрации *Ксении Букши*

Роман публикуется с сохранением авторской орфографии и пунктуации

Книга публикуется по соглашению с литературным агентством ELKOST Intl

Букша, Ксения Сергеевна.

Б90   Чуров и Чурбанов : роман. / Ксения Букша. — Москва : Издательство АСТ : Редакция Елены Шубиной, 2020. — 284, [4] с. — (Роман поколения).

ISBN 978-5-17-120132-6

Ксения Букша (р. 1983) — автор получившего премию «Национальный бестселлер» романа «Завод "Свобода"», биографии Казимира Малевича, сборника рассказов «Открывается внутрь» о всевозможных человеческих судьбах. В её прозе сочетается жёсткий реализм и лиричность, юмор и гротеск.

«Чуров и Чурбанов» — полный киношной движухи короткий роман с непредсказуемым сюжетом и густой, мрачноватой питерской атмосферой.

Живёшь-живёшь, и вдруг выясняется, что у тебя есть двойник, чьё сердце бьётся синхронно с твоим. Да не просто двойник, а твой бывший одноклассник: отличник или, наоборот, подозрительный тип, с которым у тебя решительно ничего общего в жизни быть не может.

Ничего, кроме смерти.

УДК 821.161.1-31
ББК 84(2Рос=Рус)6-44

ISBN 978-5-17-120132-6

Оглавление

1. Чёрное сердце

Февральским тёплым днём ученик Иван Чуров шёл по улице — сляк-сляк, сляк-сляк. Был он рыхловат, тяжеловат, одет бедно. Сердце его колотилось как бешеное. Тротуары тонули в сыром снегу, на дороге разлились моря, в которых отражалось высокое светло-серое небо.

Скользя на ступеньках, Чуров спустился по лесенке в подвальчик канцелярского магазина. Ноги разъехались, и чтоб не упасть, пришлось Чурову ухватиться за ручку двери, распахнуть её и стремительно ввалиться внутрь. У дверей стоял баллон с гелием для шариков. Чуров с разлёту так наподдал ему дверью, что баллон загудел.

— Потише! — сказала продавщица.

— Ой, простите, — извинился Чуров.

В магазине было тепло, и Чуров мгновенно вспотел. Он стянул шапку, но это не помогло. Сломанную молнию на куртке мать застегнула и зашила, так что снять куртку Чуров мог бы только через голову. От тяжёлого рюкзака ломило плечи. Молния на сапогах давно разошлась, её зашить было невозможно, поэтому ноги у Чурова всегда были мокрые.

Чуров сделал несколько нерешительных шагов к витрине. Пахло карандашами. Чуров любил этот запах. По вискам потекли капли пота.

— Не опирайся на стекло, — сказала продавщица.

Чуров прокашлялся.
— Вы чёрную краску по отдельности не продаёте? Без всех других цветов?

— Нет.

— А чёрную бумагу из пачки? Только чёрную, отдельными листками?

— Нет.

— А это у вас есть, — соображал Чуров, — ну, такое, через что срисовывают?

— Копирка? Нет. А что тебе нужно, для чего?

— Мне нужно что-то чёрное, — сказал Чуров. — Мне нужно сделать чёрную бумагу. Только чёрную, другие цвета не нужны.

Чуров так и сказал — «мне нужно». Прозвучало хорошо. Не «я хочу», не «я собираюсь», а вот так: «мне нужно». Меня влечёт неведомая сила.

— Тушь возьми, — предложила продавщица. — Она дешёвая и чёрная, — и потрясла булькающим пузырьком.

Чуров обрадовался.
— Очень чёрная? Совсем?

— Да.

— *М-м!* — сказал Чуров.

Это был фирменный звук Чурова — тонкое не то поскрипывание, не то мычание сквозь сомкнутые пухлые губы. Такого высокого, тихого звука и не ждёшь от него, а между тем не было ничего характернее; все, кто знал Чурова, знали и его «м-м!». Это «м-м!» звучало и в момент догадки, совпадения, найденной истины; и в моменты разочарования, разоблачения; «м-м!» могло быть саркастическим, уважительным, каким угодно, сразу всяким, — и при этом бывало всегда абсолютно одинаковым. Все оттенки смешивались в этом звуке, все интонации можно было услышать одновременно.

Тушь стоила даже дешевле маленькой лапши, которую Чуров грыз всухомятку по дороге из школы вместо обеда. И она была гораздо чернее чёрной краски. Тушь была такая чёрная, что просто выжигала свет на своём пути. После применения туши бумага должна была стать адски антибелой. Чуров положил тушь в карман и двинулся к выходу. Его кольнуло где-то внутри, но он даже не понял — страх это в сердце или жгучая капля пота на груди. Чуров распахнул дверь и, скользя, вышел в подмёрзшую слякоть.

Тут же он попал в неожиданный хоровод карнавала. То ли кришнаиты, то ли митинг, то ли Масленица или иное шествие — бубны, райские птицы и ленты на шестах, яркие шапки, дудки, расшитые золотом штаны и плащи, ало-фиолетовые платья, кружева, топот и выкрики. Чурова затолкало, повлекло. Поневоле ему пришлось попадать в ритм, он сунул руки в карманы и солидно заприплясывал. Веселящийся народец был весь одет по-весеннему — ни курток, ни шапок, тельняшки да майки.

Сверху послышался грохот. Чуров отпрыгнул, врезался в девицу с розовыми волосами, поскользнулся, оба схватились друг за друга. Кусок льда раскололся о тротуар там, где только что прошёл Чуров.

— Ебанись! — весело прокричала девица сквозь шум проспекта.

Чуров отряхнулся и пошёл дальше своей дорогой, и тут снова его кольнул страх. Он ощупал тушь в кармане и представил, какая она чёрная. Нет, решиться на такое — не для чуровской храбрости. Но и не решиться он не мог.

Так он и думал надвое, и не думал всю дорогу, мимо всех водосточных труб, из которых по сосулькам лила нескончаемая вода, думал, поскальзываясь в лужах, серый, сырой, мокрый и взъерошенный Чуров. Так думал он и продолжал так же думать, восходя к себе на седьмой этаж, крутя ключ в раскорябанной дырке, шлёпая по коридору коммуналки, стягивая ботинки, сваливая на сторону рюкзак, стаскивая куртку через голову. Думал, входя в комнату, мимо лежачей бабушки, не здороваясь, всё равно ничего не понимает, — садясь за стол, а в телевизоре между тем пели:

— Два мини-бургера с картошкой! Попробуй в KFC! Ты голоден немножко! Зайди перекуси! Два мини-

*бургера с картошкой, обеда нет вкусней! В KFC пере-
куси за шестьдесят рублей!*

Чуров поставил пузырёк с тушью на стол и потянул носом воздух. Бабушке следовало поме-
нять подгузник.

Никаких памперсов ещё не было. Можно было
их, конечно, достать где-либо за границей. Но
мама Чурова не могла бы их достать. А бабушка
Чурова уже начала писаться и какаться. И это
доставляло маме Чурова массу хлопот.

И вот Чуров придумал сам, сам же и сделал,
сшил на машинке двадцать пять удобных мно-
горазовых непромокаемых памперсов в дев-
чонском кабинете труда. Для этого он пользо-
вался брезентовыми мешками и многослой-
ным материалом собственного изготовления,
который испытал на себе.

Это было первое самостоятельное деяние Чурова. До этого он только слушался старших.

Возможно, ему хотелось что-то сделать для бабки, хоть он и клял её про себя распоследними
словами. Бабке давали «голопердин» (как называл его про себя Чуров, а на самом деле он назывался «галоперидол»). Чурову не было жалко

бабушку, а вот маму — очень, так жалко, что он иногда плакал по ночам. Ну как плакал — всё ж в одной комнате — слёзы медленно выдавливались и текли, минуя предгорья чуровских щек, прямо в уши, откуда Чуров их с трудом выковыривал своими короткими белыми мизинцами.

Иногда утром Чурову казалось, что бабка наконец отошла, но, увы, она продолжалась. Когда ж ты отмучаешься, сука падла, — думал Чуров сугубо про себя, ему было стыдно за такие формулировки, но маму жальче. — У мамы нет жизни, зачем ты это делаешь, я так люблю *маму*, — молча как бы говорил Чуров бабке, выговаривал ей с негодованием, а бабка как бы молча отвечала ему — ну что поделаешь, Ванечка, никак Бог не приберёт, самой тошно уже.

Воняла не только бабка. Чуров тоже начал вонять, пахучий подросток Чуров, его носки и он сам, вечно потный, едкий, рыхловатый, специфический. Пованивали кеды, рюкзак, физкультурная форма. Сколько ни мойся, сколько ни распахивай окно комнаты в дикий космос. Там виднелись ржавые крыши, верхушки ржавых тополей, зимние подмороженные синеватые стрехи и ржавые розочки-улитки водосточных труб.
— Бабуля, — кряхтел Чуров, поворачивая старуху на бок. — Ну что такое, помогай давай.

Телевизор показал солнечные башни и арки города Санта-Барбара. Чуров сел за стол, положил голову на руки и ещё раз, сбоку, посмотрел на пузырёк. Тушь была китайская. На этикетке были нарисованы цветы сливы и циркуль.

Чуров выдрал бумагу из середины тетрадки по географии и открутил крышку пузырька. Кисточки у него не было. Но рисовать он и не собирался.

* * *

— Я знаю, кто это сделал, — ровным голосом сказал историк где-то наверху.

И небо не упало на землю. А чего ему падать? Ну, знает и знает. Конечно, народ в классе стал переглядываться и коситься друг на друга, но без особого энтузиазма.

Чуров же притворился, что продолжает разглядывать сосульки. Той зимой сосульки выросли ого-го. Всё потому, что погода постоянно менялась. То дождик, то снег, а то стужа. Вот и выросли толстые, длинные, как удавы в тропических лесах. Согнутые, вогнутые и выгнутые, скрученные, то припорошённые снегом, а то прозрачные, целый лес сталактитов свисал с кровли.

Чуров разглядывал сосульки и мысленно проводил по ним палочкой, и сосульки делали дин-дон-дон. Чуров знал, что в реальности они бы не смогли так звенеть.

Историк остановился возле парты Чурова. Чуров, притаившись за сосульками, наблюдал карман его штанов.

— А что сделал-то? — голос четвёрочницы Насти с другой стороны буквы «П». Парты в кабинете истории стояли буквой П — это историк ещё в перестройку перестроился. — Что вы имеете в виду?

Историк, ни на кого не глядя, приоткрыл окно. За окном мало-помалу начинался день. 14 февраля.

— Что? — рассеянно переспросил историк. — Вы знаете один кабинет тут рядом. На моём этаже. Так вот, когда я рано утром пришёл, на двери кабинета было наклеено...

Историк не смотрел ни на кого. Гигантские сосульки свисали с карнизов, с водосточных труб. Огромные обледенелые улитки.

...ЧЁРНОЕ СЕРДЦЕ, — услышал Чуров ровный голос историка. — ЧЁРНАЯ ВАЛЕНТИНКА.

А чуровское собственное-то — бух, бух. Чуров пригнулся низко над партой. Ну ровно котик над банкой с остатками сметаны. Если историк говорит, что знает историю, — то историк историю знает. А почему не выдаёт? Почему не выдаёт? А откуда знает-то? Ой, сейчас и все узнают, так покраснел Чуров.

— Кое-кто из вас, — повторил историк, — и я знаю, кто именно, но не скажу, — приклеил на дверь одного из кабинетов здесь, на четвёртом этаже, огромное сердце из чёрной бумаги. И на нём было написано белыми буквами: «У вас нет сердца».

Тишина. Гробовая. Никто не спросит — на чей кабинет. Все догадались.

* * *

Одна она такая. Валентинка. Авдеевна. Геогрыза. С густой шапкой пружинистых кудрей по брови. Низкий лоб. Квадратные плечи. Солдафон в юбке и рваных туфлях. Резкий голос. Психованная. «Поставлю тебе кол и ещё в лицо плюну».

Доводить Сашу было ни в коем случае нельзя. Саша и так собиралась уйти в ПТУ, но ей оставалось ещё полгода. Поэтому Саша кое-как училась. Двойки и тройки на неё так и сыпались. Её все учителя называли тупой и неспособной, и Саша сама в это верила. А ещё у Саши было четверо младших, с родителями всё печально, Саше приходилось зарабатывать, чтобы в детдом всех не забрали. И чем Саша зарабатывала? Немногие знали чем — да все знали, чё там. И это было немыслимо, но Саша не грустила, а, наоборот, хохотала и высмеивала тех, кто смел о ней хоть слово сказать.

Но вот блёклый февральский день, и даже невидимое солнце стоит над крышами. Саша на задней парте грызла ручку и не думала ни о чём. Рядом с ней сидела её подруга Ирка и украдкой нюхала запястье, которое она надушила в бутике на Невском. Географичка расхаживала перед доской и зачитывала из учебника про климат.
— Дай понюхать, — прошептала Саша.

Ирка неловко повернулась, и они с Сашей оказались под партой. Упали вроде. Как это так вышло, даже трудно сказать. Наверное, дело в том, что в течение осени Ирка выросла на семь сантиметров. И ещё не привыкла к своим новым размерам.
— Ну ты даёшь! — сказала Саша под партой.

Географичка прервалась и заложила учебник пальцем.

— У-литина! Повтори, что я только что читала.

Саша вылезла из-под парты, — а двигалась она мелкими, резкими движениями, как ведьмочка Кики из мультфильма, — поправила мини-юбку и привычно захлопала глазами, изображая дуру. Тушь хлопьями осыпалась с ресниц.
— Ну хотя бы — о чём я читала вообще сейчас? Тему назови?

— Про климакс.

Народ, конечно, заржал.

— Про что?! — страшным голосом переспросила географичка.

Саша растерянно обернулась. Ну надо же было сказануть такое! Вот так ляпнула!

Валентинка схватила железные ножницы за сомкнутые лезвия и той стороной, где кольца, нанесла учительскому столу несколько оглушительных ударов. Смех был придушен. Географичка закатила прозрачные выпуклые глаза.

— К доске, Улитина. Выйди-выйди. К доске, к доске!

Саша помедлила.

— А можно с места, Валентина Авдеевна?

— Нельзя! — злобно развеселилась географич-ка. — Нельзя! — и развела руками. — Выходи, Улитина! К доске!

— Я не знаю ничего, — сдержанно. — Поставьте мне два.

Саша сказала «два», а не «двойку», и геогрыза взорвалась. Двойка — это полное поражение, а два — уже торговля. Двойка — смерть, а два — это жизнь, какая-то другая, загробная, но жизнь. Саша давно решила для себя, что её жизнь за-гробная, но упорно продолжала в эту загроб-ную жизнь верить. Геогрыза не верила в за-гробную жизнь. Она верила только в гроб. Без никакой свечки.

— Два? А за что тебе два? А ты заслужила? Два — это, между прочим, тоже оценка, Улити-на! Это значит, что тебя оценивают как учени-цу и ставят тебе определённую оценку за то, что ты... То есть, в пределах определённой шкалы...

Саша бешено заморгала.

— А ты, Улитина, ты уже давно вне пределов этой шкалы и вне пределов школы! — Довольная каламбуром, географичка вытянулась вперёд и мелко замахала руками, как будто плыла. — Тебя уже и ученицей-то назвать нельзя, тебя уже надо называть как-то по-другому. Но я не буду, потому что не люблю нецензурно выражаться.

Саша была крепкий орех, но тут и она не выдержала: выскочила из-за парты и хлопнула дверью. Без вещей, просто выскочила, чтобы не рыдать на людях. Не так красиво, как в фильмах про американскую школу, а как секретарши, которых начальник-урод довёл до ручки. Плакать в вонючем туалете, потом умываться холодной водой, тщательно смывать потёкшую тушь, сморкаться, глядеться в зеркало, стряхивать капли воды, прихорашиваться, возвращаться в класс и сидеть остаток урока, а что поделаешь.

И никто ничего. Саша была им благодарна. Здорово, что всем пофиг. А всем и правда было пофиг, даже Ирке. Но, как выяснилось, не всем.

* * *

— Конечно, я эту гадость сразу снял. Она его не увидела, — ровными порциями ронял историк, шагая по кабинету. — Я только... хочу сказать...

этому человеку. Да. Я понимаю, почему ты так написал. Но она, эта женщина, она одинока. Ты понимаешь, что такое одиночество? О, ты-то уверен, что никогда не будешь одиноким. И что ты не такой псих, как она. Ты думаешь, что ты — о, ты-то — нормальный. И у тебя всегда будет много друзей, девушка там, жена. Дети. И да, конечно же, так оно и будет, — историк стоял прямо рядом с партой Чурова, но на него не смотрел, вообще ни на кого не смотрел, вполоборота стоял и цедил слова, глядя в окно на сосульки. — Я далёк от того, чтобы защищать её, — Чуров уже с трудом понимал, что говорит историк, никто в классе не понимал его, историк уже не давал себе труда переводить свои слова, — я не буду её защищать, она на самом деле неприятный человек... Но ты зря сделал это...

И он что-то ещё сказал. А Чуров писал в тетрадке карандашом, яростно налегая и закрывая написуемое пухлой ладонью: *СашаСашаСашаСаша*.

Чуров и сам себя не до конца понимал. Он даже не очень-то верил, что это с ним было, тушь и сердце, и ещё клеящий карандаш. Да он сам себя не помнил, пока клеил это сердце, пропитывал его чёрной кровью, вырезал буковки. Потом, когда будет читать про Раскольникова, очень хорошо будет его понимать, хотя старуху не мочил, а всего лишь. Но я должен был так поступить, — кряхтел про себя Чуров, чтоб не расплакаться, и кусал щёки изнутри, и налегал на карандаш, и карандаш наконец сломался.

И тогда Чуров поднял голову и увидел, что Саша смотрит на Чурбанова.

Ну конечно же! Кто бы мог ещё удрать такую штуку? Конечно, Чурбанов. Историк считал себя недурным психологом, а Саша себя не считала, но была. Чурбанов же ни на кого не смотрел, он вообще сидел с таким фейсом, как будто в покер играл. Он это умел. Чурбанов и списывал с таким же лицом, и мяч в баскетбольное кольцо забрасывал, виртуоз.

— Ладно, — заключил историк, поглядев на часы и заметив, что история с географией отгрызла от урока семь с половиной минут. — Я закончил. Конечно, никого выдавать я не собираюсь... Надеюсь, тот, к кому я обращаюсь, всё хорошо понял. — Историк глубоко вздохнул, заложил пальцы за ремень и начал: — Пишем тему. Смутное время!

И вот тогда, в последний миг перед тем, как все опустили глаза в тетрадки, потрясённый Чуров увидел гениальную чурбановскую комбинацию.

Он сначала ответил взглядом Саше — молниеносно, — а потом, когда она, медленно краснея,
принялась выводить в тетрадке «См...», повер-
нулся снова и посмотрел прямо на Чурова. Сначала в глаза посмотрел, а потом растопырил
над тетрадью пальцы, ну чисто — писать собирается. И Чуров посмотрел на свои. И увидел,
что они в чёрных чернильных пятнах.

И тогда Чуров снова пригнулся к тетрадке,
взялся за ластик, он же стёрка, состирашка
и резинка, пригнулся и начал ожесточённо

стирать написанные буквы. Стёрка сломалась посередине, и на тетради остались карандашные туда-сюда подпалины.

Чурбанов и Саша делали уроки в машине любовника чурбановской мамы, на заднем сиденье, заваленном пеплом. Потом любовник чурбановской мамы поехал по бизнесу за город, а этих двух высадил на заправке, около заброшенной железнодорожной колеи. Они долго брели по этой колее, в которой росли засохшие, припорошённые снегом растения, колея поворачивала, они замёрзли, потом попытались разжечь костёр, у них ничего не получилось — ну, почти ничего, — а потом всё-таки кое-что получилось, и, пропахшие дымом, они, — и, голодные, они, — и, разжигая, они, — вокруг сгустились коричневые сумерки, снег стал разноцветным, вокруг кирпичные обледенелые развалины, сугробы и обгоревшие стволы деревьев, — были счастливы.

Чуров сидел в заплывшем тепле коммунальной кухни и варил гречку. Мать в комнате орала на бабку, зачем опять обосралась и хоть бы полслова. Чуров варил гречку, отдыхал и рисовал нефтяные вышки на контурных картах. А на трубах под потолком оседали хлопья пыли, и эти трубы завывали на разные голоса.

2. Анатомия двуглавого орла

Студенты-медики называли Гербариум или Оранжерея: полуразрушенный стеклянный амбар, поверху с галерейкой, в которой разруха и мороз вынесли все стёкла и куда сквозь щели заметал снежный огонь. Амбар был полон инея, пыли, трухи. От верхних сугробов трещал ржавый костяк крыши. Лифт, ведущий на галерею, повис где-то сбоку гнилым, засохшим на черенке плодом. Здесь читал профессор Ендриков, и читал хорошо. Студенты-медики, те, что добрались сюда сквозь восемь более или менее занесённых сугробами дворов, — дворы то выметенные, вылизанные, озарённые сине-оранжевыми лампами, и там ещё остались пациенты, — то чёрные, провалившиеся, где только тропку видно в молочном скрипучем снегу, — так вот, эти самые студенты, пройдя километр вглубь институтского квартала, сидели все в пальто, шубах и куртках, под верхней одеждой в свитерах, многие в варежках и шапках. Освещение здесь — прожектор снаружи, направленный сквозь крышу вниз, говорят, сам Сорос поставил, лично лазил. Древние парты Гербариума высились выщербленные, в древесно-чернильных прожилках, с лунами выемок для чернильниц. Амфитеатр подступал к самому стеклянному потолку. Чуров сидел как раз там, почти на галерее, и в плохую погоду ему прописывали дробных капель за шиворот, а сейчас он не мокнул — всё насухо замёрзло, и только когда морозный ветер делал «др-рынь» по стёклам над ним, то Чурову казалось, что на Гербариум сел тяжёлый, яростный красный петух и начал своим крепким клювом долбить куда ни попадя — и вот-вот долбанёт либо ему, Чурову, в темя, либо его соседке Агнессе (Аги) прямо по меховой шапке.

Народ набрался, а Ендрикова всё не было. Он частенько опаздывал. В Гербариуме стоял ровный сонный гул. Чуров всё пытался растереть шариковый стержень, катая его между ладонями, дышал на него, готовясь записывать. Вдруг гул резко умолк. Беглый взгляд на доску, висящую в торце, среди трещин краски, густо смазанной побелкой и снова полуосыпавшейся, — и Чуров понял, что у доски-то не Ендриков, а коллега Чурбанов, в свитере и пиджаке, встрёпанный, без никакой шапки. В руках у Чурбанова был мелок, и он увлечённо изображал на доске что-то смешное.

— Дашь конспект по патану? — спросила Аги, поправляя заиндевевшую шапку над каплями пота в бровях. Аги было жарко внутри, а снаружи она подмерзала. — Я не успеваю за ним писать. У тебя такие крутые конспекты.

— Нормальные, — нехотя ответил Чуров.
Все знали, что у Чурова лучшие конспекты на потоке. Чуровским вытянутым, аккуратным, чуть закруглённым почерком без наклона.

— Кхех, кхех! — возгласил Чурбанов громко и постучал по кафедре на манер Ендрикова. — Тема нашей сегодняшней лекции... Тише, господа! — Тема на-шей се-годняшней лекции «Анатомия и физиология двуглавого орла, изображённого на гербе Российской Федерации».

По залу пронеслось лёгкое ржание, как на концертах комиков.

— Физиологическая структура тела двуглавого орла, — начал свою лекцию Чурбанов, постукивая мелом по небрежному контуру герба на доске, вроде того абриса, который делают в известных печальных случаях следователи и судмедэксперты, — полна все-воз-можных уникальных, кхех, адаптаций, которые можно назвать выражением ком-пенсаторных возможностей. Двуглавый орёл — конечно, тии... -пичнейший случай дикефализма, при котором, как вы знаете, имеется сращение в области туловища, голов же две или, в ред-чайших случаях, даже ТРИ!

Тут Чурбанов возвысил голос и перешёл на пару секунд от ендриковского тона к передаче «Шок, сенсация» на Первом канале, на что Гербариум истерически разгоготался.

— Но спросим себя! — Чурбанов постучал мелом по доске, унимая студентов. — Спросим себя: сей дикефал дибрахиус или, лучше сказать, диптериус, имеющий две головы и два крыла, — каким образом он ухитряется так хорошо социально функционировать и оставаться таким адаптивным, таким, я бы сказал, скомпенсированным и столь долгие годы быть на плаву... то есть, я хотел сказать, в полёте? Ведь нет никакого сомнения, что наш орёл — орёл наш! — Чурбанов хлопнул по доске ладонью и вышиб из неё тучу мела, замахал рукой у лица и притворно раскашлялся, — да нет, непритворно, простужен в хлам, да ещё и с бодуна. — ...Что орёл наш ле-та-ает, да ещё и как! Для обеспечения дыхания в полёте у нашего орла-дикефала не просто четырёхкамерное сердце, — нет, он снабжён природой или, может быть, историей уникальным восьмикамерным органом, который позволяет дважды разделить отработанную кровь и кровь, насыщенную кислородом. Подчёркиваю, в отличие от млекопитающих, у нашего двуглавого орла, как и у его одноголовых — кхех-х! — коллег, сохранилась правая дуга аорты, дикефалия же делает происходящее особенно пикантным, так как эта правая дуга должна в каком-то месте разделяться опять-таки надвое...

Слушали уже меньше, Чурбанов умел увлечь, но не умел держать аудиторию. Притом и холодно, спать охота, позавтракать хочется, и кое-кто нетерпеливый уже достал бутерброды, обёрнутые в салфетку, или просто куски белой булки, и термос (у кого есть). Ничего нет у Чурова, но в кармане, среди трухи и тлена, завалялась жёлто-зелёная эвкалиптовая конфетка, вся примёрзшая к фантику. Чуров рассеянно попытался отодрать от неё хотя бы часть бумажки, но потом ему надоело, и он отправил её в рот как была. Тут же расцвёл на языке эвкалипт, взошло невидимое яркое солнце.

Сверху же и с боков темнотища давила на Гербариум, мороз был такой, что в трупарне коченели господа, пре(до)ставившиеся студентам для вскрытия, а над крышами в луче прожектора плясал и вился снежный прах. Полуживой город вставал, во тьме колотил по будильникам.

— Пищеварение двуглавого орла происходит быстро и энергично, — ораторствовал между тем Чурбанов. — Наш герой может своими двумя клювами растерзать за свою жизнь не менее ста сорока миллионов... простите, килограммов живой массы... Не мешает ли дикефалия охотиться на живую снедь и не делает ли она орла поневоле падальщиком? Что ж, вопрос спорный! Учёные пришли к выводу, что рабочей головой является голова прежде всего западная, восточная же кормится только остатками уже умершей добычи.

— Про перья что скажешь? — подал голос приятель Чурбанова Морозов, который, вероятно благодаря своей фамилии, нормально чувствовал себя при минус четырёх в помещении. — Линяет или нет?

— А-хотно ат-вечу на ваш вопрос, — слегка согнулся Чурбанов, даже слегка и переигрывая в Ендрикова, — орёл наш линяет непрерывно, круглогодично. Некоторые особи успевают сменить за год до пяти комплектов оперения... Перья, уважаемые господа, есть превосходный лётный фю-зе-ляж нашего сегодняшнего экземпляра... Его воздухоплавательные характеристики — шедевр отечественных оборонных технологий. Каждое перо двуглавца обладает набором доселе не разгаданных свойств, вплоть до того, что вну-три трубочки данного пера, как показал опыт, находится смесь газов, делающая орла легче, а сама ость пера выделяет, да бу-дет вам из-вест-но, специальную смазку, снижающую трение и увеличивающую скорость... Эргономичность двуглавого орла такова, что он может, в случае необходимости, развернуться в воздухе на полной скорости, совершив бочкообразный поворот... Что же касается нейрофизиологии...

Чурбанов сделал паузу и как будто забыл про собравшихся студентов, как и они про него уже давно, почти все, кроме Чурова.

— Что касается мозга, то давним спором учёных... следует считать... — не является ли мнимая дикефалия на самом деле лишь примитивным расщеплением, которое путём контрпроекции орёл навязывает и нам, его наблюдателям? Быть может, на деле голова только одна, но орлу кажется — и он внушает свою галлюцинацию нам, — что голов две? На деле же просто орёл болен, он болен шизофренией, но умело диссимулирует недуг, заставляя нас думать, что дело в некой анатомической детали, которая на самом деле ат-сутствует. Или же, как считает группа австралийских учёных, заснявших поведение орла на сверхчувствительную киноплёнку, орёл просто настолько быстро вертит головой туда-сюда в невротических колебаниях — куда податься? — что почти ни один из наших современных приборов пока не может уловить эти движения его мускулатуры? В таком случае мы могли бы назвать нашего орла орлом Буридановым, находящимся в вечных сомнениях амбивалентности. И имеет ли тогда значение, что такое, в сущности, его дикефализм, — глубокий ли он невротик, шизофреник, или же он воистину двуглав? Ведь результат один и тот же... Да и что такое, вообще говоря, реальность? — Чурбанов возвысил голос, вернее попытался возвысить, и снова раскашлялся. — Что есть, господа, так называемая ре-альность? — Следует ли учитывать в своих представлениях секундное состояние объекта, его поведение в течение времени наблюдения — или же его, так сказать, поведение в вечности, которое никакими наблюдениями невозможно зафиксировать? Если речь о последнем сказанном, — то двуглавый орёл есть, конечно, феномен не всецело физиологии, анатомии или даже психиатрии, — но...

Гул вдруг поднялся снова, Чуров поневоле разлепил глаза: в дверях давно уже стоял припухший Ендриков со своей огромной дамской сумкой через плечо.

Чурбанов, бросив «спасибо за внимание!», сбежал с кафедры и, сложившись втрое, разместился за первой партой. Сунул руку Морозову. Ёжась, запихнул руки в карманы и застыл.

Ендриков взлез на кафедру, мельком глянув на пыльный абрис орла, взъерошил волосы под шапкой, раскрыл методичку и голосом, чрезвычайно похожим на голос Чурбанова, но чуть менее карикатурным, продолжил:

— И-та-а-ак... На прошлой лекции мы остановились... н-на-а-а...

Чурбанов, усевшись, немедленно ощутил, как оседают внутри взболтанные частицы и как — всегда именно так — в неподвижности и молчании наваливается на него скука, тощища, угроза даже. Так бывало и в школе, так бывало везде. Неподвижности, бездеятельности совсем не выносил Чурбанов, ему было нужно, чтобы ноги ходили, нужно было разговаривать, что-то непрерывно предпринимать, потому что как только ты останавливаешься, тебя настигает как будто какой-то *руин*. Это был такой робот в какой-то фантастической повести, он преследовал человека медленно, но неуклонно. Чурбанов даже придумал игру про этого руина: вóда должен был преследовать других учеников пешком, и из-за узкого коридора это ему удавалось; кого вóда салил, тот сам превращался в руина, и вот в конце стая таких *руинов* с остекленелыми глазами шла за Чурбановым, а он нёсся по тусклому коридору, к концу, и там стоял, понимая, что теперь уже он не проскочит, — и только звонок спасал его от ужаса.

Вот и теперь надо было непременно что-то поделать, потому что иначе: под замёрзшим ледяным потолком заиндевевшая паутина, мороз забирается под рубашку, пальцы в ботинках коченеют, доска, похожая на зелёную обледенелую лужу, упадочный Ендриков, бубнящий по методичке, — Чурбанов в замешательстве сунул ручку в рот, залез в сумку, достал конспект — но там шаром покати, конспект растрясён на разрозненные бумажки: вместо одной листовка Митрохина, партия «Яблоко», в другую завёрнуто конфеткой что-то неведомо белёсое, на тре-

тьей нарисован план о шести пунктах со стрелоч-
ками, ниже столбиком наспех умножены цифры
с нулями. Конспект был раздёрган на жизнь. Чурбанов, чертыхаясь, запихнул его обратно.

Надо купить нормальную тетрадку, подумал он
и тут же мысленно оказался в канцелярском,
распахнулся, навалился грудью на стеклянный
прилавок — вон ту, в клеточку, с чёрной облож-
кой, где машинка, — а, это не машинка, а чёрное сердечко на золотом фоне, ну, тем лучше, —
но что-то не то, — блин, до зачёта десять дней,
когда в неё писать-то?

Чурбанов незаметно оглянулся. Полная аудитория народу. Конспект нужен ему сегодня. Здесь
все его друзья, и про каждого он понимает:
можно даже не пытаться.
— Дай листочек, — наклонился он к Морозову.

Морозов пожал плечами и выдернул лист. Ендриков успел уйти тем временем далеко и читал уже что-то совсем непонятное. Нить была
потеряна. Поезд ушёл и прогудел.

— Морозов, а чуровского конспекта ни у кого нет?

— Не знаю, я ещё не ксерил. К нему весь поток
в очередь стоит, здравствуйте.

— А кто ксерил? У того отксерить можно?

— Ксерокс хреновый на кафедре. У всех не видно ни фига. Чернила экономят. А позавчера вообще сломался.

— Это не проблема, у меня полно мест, где отксерить. Мне сам конспект надо. На пару часов.

— Иди у Чурова проси.

М-да. Проси. Ясное дело, что ничего просить у Чурова Чурбанов не будет. Да Чуров ему и не даст. А что так-то — проваливаться, что ли?

— Вот попал, — подумал вслух Чурбанов.

«Ну да, ты попал, — подумал не вслух Морозов. — Так ты же и на лекции не ходишь вообще. У тебя какой-то вечный то ли бизнес, то ли что. Чем ты там вообще занимаешься. Такие врачи разве бывают, как ты. Выпрут тебя, и правильно сделают».

После лекции Чурбанов догнал Чурова в тёмном снежном дворе. Впрочем, уже светало. Но всё равно был жуткий дубак.

— Чуров, дай конспект.

— Не могу. Все просят. Я сам когда буду учить? Почему вы тут всё сами нормально записать не можете. Почему я должен всё время всем конспекты свои давать. А тебе тем более. Ты вообще не ходил. Это вообще справедливо?

— Ну да, согласен, — согласился Чурбанов. — Я — не бесплатно. Скажи сколько. Просто за отксерить. Быстро. В удобное время. Я заплачу.
Он решал проблему. Бодро. По-деловому.

Чуров почувствовал прилив ненависти. Он остановился.

— *М-м!* — промычал Чуров. — Быстро... в удобное время... и-ди-на-хуй. На хуй! — он рывком сунул Чурбанову конспект, хотя десятую долю секунды назад не собирался этого делать, и пошёл своей дорогой, не слушая слов благодарности.

3. Мечтатели

— И о погоде, — сказали по радио приятным бархатистым голосом. — Завтра, в субботу, 16 октября, в Санкт-Петербурге ожидается, как и сегодня, облачная погода, местами слабый дождь, температура воздуха, прямо не верится, +19 — +21 градус... — слово «плюс» бархатистый голос произнёс с особой благодарностью. — Сергей, вы помните такие... такую погоду, чтобы в середине октября творилось такое... такая благодать?

— Нет, Лидия, я такого не припомню, — приятным баском отозвался Сергей. — И это не повод не поблагодарить уж не знаю кого, Илью Пророка или синоптиков...

— Да что там *вы*, молодые люди. Я тоже не помню, — сказала диджеям мама Чурова. — А чего уж и *я* не помню, того никогда не было.

Чуров и мама Чурова сидели у раскрытого окна и ужинали молодой картошкой с маслом и чёрным перцем. Погоды стояли действительно прекрасные. Даже не верилось, что середина октября. Пахло свежим ветром, горькими осенними травами, прелой листвой, дымом. Тёплые крыши в полосах ржавчины расстилались за окном. Солнца видно не было, но над всем Северо-Западом, не сдвигаясь, стояла розоватая теплая тишина.

— Ну и погода, вот так погода, — рассеянно сказала мама не в тему.
(Не в тему, ибо дальше там вот что: *Ветер сшибает с ног пешехода. Но пешеход с чемоданчиком чёрным ветру навстречу шагает упорно. Что ему буря, что ему ветер, если распухло горло у Пети. Что ему слякоть, что ему лужи, если Андрюше становится хуже. Зной или полночь, день или ночь доктор торопится детям помочь.*)

— А как ты думаешь, мам, — сказал Чуров, — такая хорошая погода не может значить что-нибудь нехорошее? Ну, быть признаком, например, климатических изменений на планете.

— Это у тебя синдром третьего курса, — сказала мама Чурова скептически. — Ты всех подозреваешь в болезнях. Даже погоду.

— Конечно, — оживился Чуров. — Нет людей, которые были бы не больны. Только некоторых это не беспокоит. Почему-то.

— Ну вот и погоду ничего не беспокоит. Только жаль, что дачу уже закрыли. А то можно завтра и съездить.

— Не, — сказал Чуров, — завтра мы в лес.

Мама вздохнула.
— Ты же не хотел ехать-то.

— Не, поеду, — Чуров тоже вздохнул. — Что теперь, не общаться с Аги, что ли.

— Ужасно жалко, что такая девушка...

— Хватит, мам, — сказал Чуров. — Нормальный он чувак. В чём-то круче меня.

— Чем?! — возмутилась мама. — Чем он крутой?! Что за гипноз, я не пойму?! Чем он всем так нравится?! Как был хулиган, так и остался... Его уже из института вышибли, а ты ему всё завидуешь. Ты врачом будешь, а он не пойми что. Сплошные выкрутасы, какие-то протесты непонятно против чего, ну это бы я ещё поняла, но он же при этом — очень даже, он при этом —

себе на уме, он же свою-то выгоду всегда соблюдает и деньги очень любит, между прочим!

— Это да, — сказал Чуров. — Это точно. Деньги да.

— Ну и хватит его оправдывать. Он о тебе, скорее всего, вообще ни разу в жизни не думал.

— Да уж это конечно, — сказал Чуров.

— Ты только не обижайся! — спохватилась мама и пересела поближе. — Я же просто хочу, чтобы тебе было хорошо.

— Да мне хорошо, — заверил маму Чуров.

* * *

— И что он тебе ответил? — поинтересовался Чурбанов после небольшой паузы, глядя не на Аги, а на кирпичную стену, которая уходила отвесно вниз, к самому козырьку общаги.

Они тоже сидели на окне. Прямо перед ними, внизу, была всё ещё зелёная лужайка, на которой студенты иногда сушили бельё. Сегодня на верёвке колыхались разноцветные паруса жизнерадостных уругвайцев — семейной пары, которая успела за годы учёбы, по очереди уходя в академ, завести двух коричневых малюток. Вокруг лужайки какой-то влюблённый чувак вытоптал тропинку в виде сердца. Смотрелось это забавно — сердце, в котором висят уругвайские трусы. Невидимое солнце светило как сквозь молоко, стена была тёплая.

— А почему тебя интересует, что он мне ответил? Ты что — ревнуешь?

— Да не ревную я, — Чурбанов плюнул вниз. — Просто завидую. Он такой правильный, что меня бесит.

Плевок пролетел всю дорогу на одном расстоянии от стены, почти не отклоняясь, и шлёпнулся на козырек тёмным пятнышком.

— Ну да, правильный, спокойный, традиционный такой, скучноватый, — согласилась Аги. — Хороший врач будет, сто пудов. Ты-то врачом не собираешься становиться. Что бесит-то? Он наверняка про тебя вообще не думает.

— Это уж точно, — сказал Чурбанов. — А насчёт врачом... если хочешь знать, я и на медицинский пошёл, потому что Чуров. Подумал — а что я, хуже?! Не знаю. Вроде и хуй бы с ним. Но в каком-то смысле мне таким чуваком никогда не стать... Не то чтобы я хотел... Завидую, короче.

— Вот и завидуй спокойно.

— Я спокоен!!! — проорал Чурбанов в окно и заржал, глядя, как женщина, которая шла по тротуару далеко за территорией общаги, вздрогнула и перекрестилась.

* * *

Бщ-бщ-бщ — пробормотал машинист в наушниках. Электричка лязгнула и тронулась снова. Развилку за Рощино миновали шагом и снова начали разгоняться. Мимо мелькали станции, полуразрушенные и выщербленные платформы, сосны и папоротники. Чащи смыкались за электричкой, как вода. Пахло травой. Леса стояли уже полупрозрачные.

Чурбанов высунулся в окно, и всякий раз, как ему надоедало захлёбываться то жарким октябрьским ветром, то мелким ярким дождиком, Чурбанов смотрел вниз, и всякий раз ему попадался на глаза Чуров. Тот же как будто не замечал Чурбанова, но на самом деле не мог решиться и посмотреть вверх; и когда, наконец, всё-таки поднял голову, то Чурбанов как раз снова всунул голову внутрь, глянул на Чурова, и они встретились глазами.

Лес был всё в ярких обрывистых листьях, уступах, каменных провалах и поворотах — вот вдруг справа блеснёт море, а в нём солнце, а вот мимо пустых, заброшенных санаториев, лагерей, деревянных скамеек под соснами въезжают они в пустынную местность, потом дорогу пересекает грунтовка в кипучих лужах, за шлагбаумом ни машины. Мелкий дождик налетел и смыл грязь, и вот они въехали на маленькую одряхлевшую станцию, где улочка вилась по пологому склону вниз, где росли вдоль заборов рябины, клёны и черноплодки, где в лужах красные листья и синее небо пятнами, где перелески осыпались, а в лабазе у переезда продавали сникерсы, водку и сгущёнку.

Они вышли из электрички всей толпой, а электричка, взвывая и лязгая, отправилась далее, к Выборгу. Платформа была пуста. Вообще местность казалась пустынной. Но пахло дымом. Медики и примкнувший к ним Чурбанов прошли знакомой дорогой сквозь деревню. Там, за последним домом, на границе деревни, поля и леса, дорога всходила на пологий холм у старого воинского кладбища.

Кленовая рощица почти облетела, из травы острыми углами торчали листья.

— Красиво! — крикнула Юля и с размаху упала в листья.
К ней подбежала Алла и принялась забрасывать листьями сверху. К ним присоединилась Карина, а Марина влезла на нижнюю ветвь клёна, мечтательно перевернулась джинсами кверху и повисла, длинными волосами касаясь травы. Коля и Миша достали водку, а Чуров закуску. Что же касается Чурбанова, то он взял

полиэтиленовый пакет и отправился в лесок за грибочками. Место это было давно ему знакомо.

Тогда Аги мотнула головой, откидывая чёлку назад, достала гитару и, бренча многочисленными фенечками, завела:

— Вечерело, пели вьюги, хоронили Магдалину, цирковую балерину. Провожали две подруги...

Будущий министр здравоохранения осторожно закрыл конспект и заслушал песню, подняв бледное узкое лицо, на котором ещё бледнее синели веки, а по бокам краснели уши.

— М-м, — сказал Чуров вполголоса.
Аги прихлопнула струны ладонью и чересчур громко переспросила:

— Что?

Кто-то разжёг костер. Чуров пошёл за хворостом в лес. Он ломал там сушняк, пока не нагрёб полную охапку, и потащился с ней к костру, а когда пришёл, все, кроме Чурбанова и его приятеля, сидели вокруг костра и мечтали вслух. Аги иногда пощипывала гитару, и та издавала слабые отдельно взятые звуки.

— Вот я бы хотела, — мечтала Юля, — чтобы посмотреть на человека и увидеть сразу, если он скоро умрёт. Скажем, какой-то индикатор. Ну, за месяц человек начинает мерцать, например, или светиться, и я раз — терапией его. И точка перестает мигать.

— Ты же сдуреешь так, — возразил ей Коля. — В семье тоже? Прикинь, если несчастный случай, предотвратить же ты не можешь.

— Ну, хотя бы только от конкретных болезней, — возразила Юля. — Всё-таки очень важное умение.

— Так и будет, — пообещал ей Чурбанов, глядя в небо, где вальсировали, прямо у него надо лбом, прехорошенькие диплококки рябиновых ягод, иногда начиная падать ему в рот, но он одним движением пальца ловил их и нейтрализовал. — Ты всё будешь видеть. Вот посмотри на Колю. Видишь? Он мигает, мерцает и светится.

— Уймись! — Коля несильно пнул его ногой.

Чурбанову уже казалось, что воздух приобрёл разную плотность: местами он стал густой, местами жидкий, как будто ячейки сети. По мере того как становилось темнее, погода делалась похожа на ту чёрную деревянную посудину, где по стенкам намалёваны тонкой кисточкой красные и золотые ягоды и листья. Потом вместо ячеек на тёмном воздухе стали приоткрываться форточки.

— А я бы хотела, — сказала Карина, — антибиотики подбирать быстро и эффективно. И сразу определять: нужен или нет, не назначать на всякий случай.

— Скоро вообще не будет никаких антибиотиков, — возразила Марина. — Резистентность же развивается. Будем всё генетическим редактированием лечить. Если уж такие мечты придумывать, то я бы как раз что-нибудь с генетикой хотела интересное. Чтобы, например, влезаешь в геном бактерии, там меняешь что-то, и она как шёлковая. Сразу служит на пользу человеку.

— Какие-то вы скучные! — сказал Лёня. — Вот я бы просто хотел народ удивить. Бессмертием, чем же ещё? Просто таким самым обычным бессмертием. Вот это был бы номер! Первый случай бессмертия среди рода человеческого... Мне бы сразу все поверили, что я врач хороший...

— А кого ты этим удивишь? Все остальные ведь уже помрут, когда выяснится, что ты бессмертный, — Аги прильнула к гитаре (отблески костра заплясали на её лице) и щипком извлекла высокую резкую ноту.

Тут Чуров увидел, что хворост уже прогорает, и потащился снова в рощу. Водка казалась Чурову разбавленной и почти не пьянила. Зато Чурову очень хотелось жрать, но булка и колбаски уже кончились. Голодный Чуров долго шарил по сухой песчаной земле в шишках и корнях. Набрал огромную кучу сухих веток и понёс их к костру.

Когда он вернулся, мечтания и прения о мечтаниях были в полном разгаре:

— Я в твои мечты не лезу, и ты в мои не лезь! — наскакивал Миша на Юлю. — Женщины же считают, что их несправедливо обделили? Вот и я считаю, что мужчин надо научить самостоятельно рожать! А то делаете что хотите!

Чуров зацепился кроссовкой о камень и рухнул почти в самый костёр, зацепив охапкой его край. Хватило и этого: огонь быстро взбежал по сушняку, повалил дым, сучья затрещали.

— Чуров! — закричал будущий министр здравоохранения, пытаясь отогнать дым курткой. — А у тебя есть мечта?

— Интересно, кстати, послушать, какая у Чурова мечта, — сказала Алиса с дерева.

— Э-э, что? — Чуров как раз встал и стряхнул с рукавов паутину, щепки и кору. — Мечта? Э-э... погоди, не так сразу, дай сообразить. Ну, я есть хочу вообще-то, но это не мечта, а просто желание. А у него какая? Он уже говорил?

— Он хочет стать министром здравоохранения, — сказал Миша.

— Ничего подобного! — закричал будущий министр здравоохранения страшным голосом. — Я хочу младенцев оперировать прямо в матке. Фетальная хирургия.

— Заливаешь, — лениво отмёл Миша. — Ну так что, Чуров? А?

— Я сегодня безмечтовый, — сказал Чуров. — Хотя погодите. Одна мечта имеется. Знаете я чего хочу? Чтобы у меня с Аги сердца бились одинаково.

Аги медленно подняла голову. Откинула волосы с лица.
— А может, они и правда бьются одинаково. Мы же не проверяли.

— Вау, вау! — закричали Карина и Юля.
Кое-кто засмеялся, кое-кто переглянулся.

— Давайте проверим, — согласился Чуров. —
Только недолго, а то сушняк прогорит.

— У кого секундомер на мобильнике?
Мобильники в том году были уже почти у всех.
Карина предложила свой. Юля взяла запястье
Аги. Коля — Чурова.

— Семь, шесть... три... поехали, — скомандовала
Карина.

Потянулась минута. Костёр трещал, пожирая
ветки. Красные рябины висели над ними в тёмном безветрии. Клён ярко желтел в потёмках.

Минута прошла.
— Семьдесят четыре. Пятьдесят девять, — сказали Юля и Коля одновременно.

— Ну, нет так нет, — развел руками Чуров. — Тогда я за сушняком, — и он рысью устремился в рощу, хотя предыдущая порция дров ещё не усвоилась в костре. Почти бегом, через поляну, в горку и в темноту. Вот так так, вот так так, стучало у него в голове, это наша ёлка. Вот так так, вот так так. Ля-ля-ля ёлка, — бормотал Чуров, стараясь заглушить сердцебиение, — трали-вали... до чего нарядная... — он и правда набрёл с ходу на диагональную мёртвую ёлку, чуть не наткнулся глазом на сучок и принялся остервенело сдирать с неё руками сучья-крючья, как будто хотел запалить целый погребальный костёр. Всё это он проделывал, потому что знал, что сейчас будет, и не хотел при этом присутствовать.

Когда он вернулся, выяснилось, что сердцебиение Чурбанова тоже ускакало далеко вперёд и не совпало с Аги. Чурбанов нисколько не был опечален, потому что уже прозревал сквозь реальность самую суть мира. Аги сидела в тени и безмятежно цепляла гитару то с одного, то с другого боку. Коля и Юля затеяли боевые пляски с пинками и хлопками по чувствительным местам. Все разбрелись парами-тройками. Марина снова повисла на клёне вверх ногами, вниз волосами. Ей нравилось видеть поляну перевёрнутой: трава тянулась к чёрной низкой воде неба, костёр горел, как солнце.

— Минутку, — Миша вдруг поднял палец. — Чуров! Мне пришла в голову странная идея. Только не надо меня критиковать. Чурбанов! Иди сюда ещё разок!

— Что за идея-то, — воспротивился Чуров. — Ты меня пугаешь.

— Да очень просто, — глаза у Миши блеснули. — Давай знаешь что? Давай уж заодно и твой с Чурбановым пульс сравним. Для ровного счёта. Карина, давай секундомер. Чурбан! Иди сюда.

— Да зачем, — возразил Чуров. — В этом-то какой смысл?

— Никакого! — ответил Миша. — Просто так.

Чуров пожал плечами, Чурбанову было пофиг. Они взяли секундомер и стали мерить. Мерили они три минуты. В конце первой Миша и Карина хором, но тихо сказали «пятьдесят семь», в конце второй неожиданно и вразнобой, но вышло у обоих «семьдесят один», а в конце третьей минуты они ничего не сказали, но переглянулись, и потом Карина спросила:

— Шестьдесят пять?

— Шестьдесят пять, — озадачился Миша.

— Ну и что ты, Миша, будешь делать с этим результатом? — спросил Чуров.

— Буду считать его совпадением.

— Пейте чёрное молоко, — сказал Чурбанов, — будете к чертям здоровы...

На воздухе мерцали светофоры со странными ободками вокруг фонарей. Что-то невидно, неслышно поблёскивало то ли с неба, то ли из леса.

— Да совпало просто, — повторил Миша.

— А я думаю, не просто, — сказала Карина и пристально посмотрела на Чурова. — Просто так три раза совпасть не может.

— Это не я, — помотал головой Чуров и оглянулся, в свою очередь, на Аги. — Если бы это был я, то я бы с Аги лучше совпал.

— Вы чего?! Вы образованные люди или кто? Что за средневековье! — напустился на них Миша. — Хотите, ещё раз измерим!

— Ну уж нет! — отказался Чуров и спрятал руки в рукава куртки. Глянул на костёр. — А! Мне вон за хворостом пора, — и пошёл снова в лесок, ещё не зная, что по возвращении его ждет приятный сюрприз: министр здравоохранения наткнулся на неиспользованную пачку сосисок. Аги увлечённо щипала гитару. Марина висела волосами вниз. Коля и Юля сидели на сухой траве у бревна.

Чурбанов внимательно смотрел на клён. Ему казалось, что дерево сплошь усеяно колечками от детских пирамидок: жёлтые, вот оранжевые, синенькие, — и внутри у каждого колечка одинаковый огонь.

4. Отец

На железной грохочущей каталке Чуров волок по коридору огромного старика. Живот под простынёй усох и ввалился, скулы торчали. Девятое отделение, в нём всё коричневое. Девятое отделение — зал в огромном старом доме. Потолки восемь метров. Огромная люстра в засохшей паутине, с померкшими пыльными стекляшками. От люстры в разные стороны разбегались трещины по потолку. Лампочек в люстре было немного, поэтому светила она тускло. Но круглосуточно. Видеть люстру могли все обитатели девятого отделения, за исключением тех, кто не видел ничего по причине полной слепоты. Внизу под люстрой помещалось три ряда по двенадцать коек, да ещё пять коек за проходом у стены, итого — сорок одна койка, и на каждой лежали люди. Серые простыни прямо на ржавых сетках кроватей, так что моча просто стекала на пол. Привыкнуть к запаху было невозможно. Отмыться до конца тоже.

Чуров переложил старика на свободную койку и отправился за аппаратом ЭКГ. Это вот как раз и была чуровская обязанность — слушать сердце. А заодно приходилось «писай дедуля ну вот и умничка», потому что санитарок и медсестёр не хватало. Аппарат стоял в подсобке, она же кладовка, она же кухня для персонала. Замызганный электрочайник пыхтел на клеёнке. Аги, которая тоже проходила здесь практику, насыпала чай в чашки. Глаза у неё по-прежнему были артистически зачернены, но фенечки с запястий сошли. Но надо ещё сказать, что это был за чай и что за чашки. Одна чашка — треснутая, с васильками синими и золотым ободком. Другая — с цветными мультяшными зверьками, поменьше, видать, детская. Обе без ручек. А чай — сероватая пыль, и клала Аги по чуть-чуть, щепотку, так что получался и не чай, а розоватая вода, а в ней пыльца, взвесь.

— Бог есть, — сказал Чуров без предисловия.

— Бога нет, — сказала Аги.

Оба всегда были готовы поспорить на эту тему. Аргументы они приводили обычные для их молодого возраста.

— Ну вот смотри, — наступала Аги, — вот если бы Бог был, разве бы Он Допустил всякие разные там Страдания? Значит, Его Нет. Или Он не Всесилен, или Он на Стороне Дьявола. (Большие буквы, очень большие. Аги зырит не на Чурова, а в чашку, где пёстрый мелкий рой чаинок крутится в сером кипятке. Аги пьёт из той васильковой, а Чуров из маленькой цветной.) — Вон Ирина Иванна вчера когда. Что в это время делал твой Бог? А-а, значит, ребёночка спасал? Значит, Он не Всесилен? (И так далее.)

Поспорив немного и допив чай, шли снова работать.

— Дед новый? А он без документов, — крикнула Инга Ефимовна, пробегая мимо, — даже как звать не знаем! Нашёлся на автобусной остановке, на автобус пытался сесть, а они не ходят там давно! Может, бомж! А может, потеряшка! Дементный, в маразме! — Инга Ефимовна была выгоревшая врачиха, жестяная, страшная, с дырками вместо глаз и воронкой вместо голоса.

4. Отец

* * *

На самом деле потерялся дед не случайно. Его сын вывел в город и там оставил. В сказках всё было наоборот — родители ребёнка в дремучий лес. А тут сын папу в недремлющие городские джунгли. Деду семьдесят восемь, сыну сорок восемь. Здоровенный мордатый дядька, отставной полковник. Жена «на старости лет» забеременела вторым ребёнком, а квартира маленькая, вот и решили избавиться от лишнего члена семьи.

— Уж и так и сяк нагинал её, что на хуй нам не нужен второй ребёнок, а она ни в какую, — жаловался мордатый экс-полковник друзьям за пивом. — Ревёт и всё. Ну, я ничего не могу сделать. Не знаю, что делать вообще. Квартира тридцать восемь метров. С папашей уже намучился, альцгеймерный, пытался сдать его, не берут никуда против его воли. Месяц, и обратно везут. Старший подросток уже, двенадцать лет, от рук отбивается. Уроки каждый день со скандалами. В телефон залипнет, и всё. Не дом, а дурдом.

— Ну что значит — не берут? А ты его приведи и оставь.

— На месяц, прикинь, только! Бля... Без согласия только через суд... признание недееспособным... а он бля прикидываться умеет, что соображает. Или, говорят, если нет возможности, там, уход обеспечить... А мы типа вместе живём — значит, по их понятиям, уход есть. Ну, такие законы... Главное, он ни в какую. Ну как вот, на тридцати восьми метрах? Ты бы смог? Тут или ребёнка рожать, или с папашей возиться. Сразу со всеми, это я сам тогда застрелюсь.

Вот так и решил отставной полковник потихоньку избавиться от папаши. В первый раз нашли, позвонили из милиции — ваш бродяжничает? Наш, конечно, наш, уже с ног сбились. Ага. Сбились с ног. На следующий вечер снова вывел, отвёз в другой район на всякий случай. Пущай снова приведут — пришьём ему бродяжничество, можно будет написать, что уследить не можем. На этот раз что-то пока никто не звонил. Мордатый отставной полковник был доволен, хотя и не совсем спокоен; чтобы немного улеглись нервишки, затеял уборку. Вытащил и снёс к лифту, под циферку 19 (номер этажа): многотомник Дарьи Донцовой, тапки с китайскими точками (с надписью «уретра» и стрелочкой на подошве), конспект Владимира Ильича Ленина, сделанный в 1983 году (крупноформатная тетрадка, и в ней круглым крупным почерком с нажимом). Вынес старый, поеденный молью пиджак, множество пыльных пустых банок, бамбуковую удочку и дырявую резиновую лодку (дед любил рыбалку), а заодно сломанный пластиковый снегокат с балкона.

Таскал-таскал и не заметил, что ночь уже на середине. После лёг спать и не видел снов. Ветер свистел и выл в скважинах, хлопал дверью балкона, дедова лежанка пустовала, но как будто так и надо. Сын ничего ни разу не спросил, а жена и так всё понимала. (Одно в ней хорошо — молчать умеет. Иногда.)

А утром, в шесть утра, в дверь позвонили. Он спросонок и не понял — что делается. Но позвонили снова, настырно так. Мордатый отставной полковник встал, посопел и пошёл открывать. Но только лишь распахнул внутреннюю дверь (отчего сразу взвыл ветер в скважине двери внешней), как послышался громкий топот — и, пока возился с замком внешней двери, в коридоре уже никого не было.

— Ублюдки малолетние! — крикнул полковник вслед и тут обнаружил на полу листок. Тетрадный, в линейку. А на нём было написано:

«Абортировал родного отца? Твоя жена родит сиамских близнецов с двумя головами». Без подписи.

* * *

Чуровская обязанность — это была ЭКГ. На одного человека уходило примерно минут десять, а стало быть, на всех обитателей девятого отделения (а оно неизменно полно) — четыреста десять минут, иными словами, чуть меньше семи часов. На деле получалось, конечно, дольше — потому что Чуров ведь не только ЭКГ снимал, персонала-то не хватает, так они с Аги помогали всегда и насчёт «дедуля пописай», а если что, возили тряпкой по полу под кроватью, и тряпку эту стирали, и помогали ходячим добраться до чёрного туалета, и даже покурить кое-кому держали, кто привязан или сам не может, за компанию глотая дым.

Это кому же покурить? А вот этому дедуле бродячему. Хорошо, что дедушку удалось положить не к стене. Которые лежали к стене, те очень быстро. И не видели ничего, только серую краску в трещинах. Вот как та Ирина Ивановна, которая считала, что у неё рак, и поэтому не ела. А у неё рака не было, а просто горе было, и померла она от горя. Просто перед ней была всегда серая стенка, и никто, никакое солнце, никакие люди, не могли её повернуть по-другому. Никакие силы.

Но дедуля не от горя должен был умереть, а от болезни сердца. И глядя на эту вот люстру. Чуров-то понимал, что да как. Но, может, ещё не скоро? Покурит пока? Чуров держал сигарету и давал дедуле затянуться. Стоял в облаке дыма. Да хватит уже называть его дедулей. Вон какое лицо. Исхудавшее, выжженное. Характерное. Кадык торчит. Коричневый весь, дублёный. Ну да, голова отказала, так это и с нами будет.

У Чурова и теперь голова не очень хорошо работала. Потому что Чуров страшно недосыпал все эти месяца. Засыпал он везде: на лекциях, за ЭКГ, клевал носом прямо в коридоре. Иногда ему казалось, что есть два Чурова. Один учится, а другой в это время делает ЭКГ полумёртвым старикам. И оба одновременно спят.

— Когда я вот буду старенькая, — услышал Чуров (и, вздрогнув, проснулся на продавленном диванчике в подсобке — на штаны вылился жидкий тепловатый «чай» из цветастой чашки с отбитой ручкой, держал-держал во сне, и накренилась), — когда я буду старенькая, — развивала тему Аги, — я просто возьму в один какой-нибудь момент и прыгну с Благовещенского моста.

— Почему — с Благовещенского? — насторожился сонный Чуров. — Почему не с Чёртова?

— Ой, ты ещё про бога мне начни втирать, — Аги насмешливо. — Здесь бога нет!

Чуров помалкивал, глядя в свою чашку, и вдруг увидел там отражение лампы — удивительно круглое, чистое, жёлтое, как кусок сливочного масла, если бы кому-то пришло в голову положить его туда, — в болоте треснутой щербатой чашки, в соседстве с мелкими, как пыль, тремя чаинками. Но почему же, — невнятная мысль, — лампа такая круглая? Ведь она прямоугольная, белая, лампа дневного света? Чуров оглянулся назад, посмотрел вверх и увидел в окне луну — жёлто-белую, немного неправильной формы, действительно похожую на кусок масла.

* * *

Нельзя сказать, чтобы отставной полковник с широкой мордой очень уж сильно перепугался. Поди докажи ещё. Он спустил листок в мусоропровод и постарался о нём не думать. Ну, это же всё равно что читать надписи на сигаретных

пачках: импотенция, рак лёгких и прочая муто-
тень. Но, в отличие от пачек, над двухголовыми
близнецами почему-то думалось. Жене уже сорок. Ему сорок восемь. Вообще-то поздние дети
часто рождаются... всякими там, не такими.
И что он тогда делать будет? Опять же, эта история с дедом. Вдруг дед внезапно обретёт разум
и даст показания, вдруг на него уже там где-нибудь дело завели? Хотя вроде — где там подко-
паться... Нет, надо было уломать жену на аборт!
Безопаснее...
Но сейчас уже поздно.

— Слышь, — попытался мордатый отставной
полковник за ужином, — а ты ходила проверять,
кого носишь?

— А что?! — удивилась жена. — Ходила. УЗИ делала.

— А вдруг урода?

Жена насторожилась, возмущённо выдохнула
через нос.
— С чего бы вдруг — урода? — поинтересовалась
она.

— Да не знаю, — разозлился полковник. — Какого
хрена ты вообще забеременела на старости лет?!

Это был обычный тон разговоров между ними, поэтому жена не дала себе труда обидеться сильнее обычного. И тут раздался второй звонок в дверь.

— Пап, я открою! — прошумел в коридоре сын.

— Погоди! — мордатый отставной полковник вскочил, чуть не опрокинув брюхом стол, так что пельмени выскочили из тарелки, и кинулся к дверям.

Он почти успел. Двери грузового лифта уже закрывались. Полковник выскочил на балкон лестничной клетки и ринулся вниз по заплёванной, плохо освещённой чёрной лестнице. Цепляясь за перила, он нёсся крупнокалиберным снарядом вниз по спирали. Стенки в доме были тонкие, и полковник мог слышать, как лифт проходит слои этажей, обгоняя его метров на десять. На третьем он услышал, как двери грузового лифта открываются, выпуская злоумышленника. Хватая ртом воздух, полковник рванул на себя железную входную. Мороз и тьма обступили его.

От подъезда скорым шагом удалялся, оставляя за собой облако дыма, молодой человек в пальто, высокий, широкоплечий, взлохмаченный, без шапки.

— Э-эй! — крикнул отставной полковник. — Ты чё, каво?!

Молодой человек обернулся, помахал тапком с надписью «уретра» и пошёл дальше. Полковник узнал его: Чурбанов с пятого этажа, то ли бизнесмен, то ли браток.

— Ещё раз! Поймаю! — надсаживая горло, завопил отставной полковник. — Найду! Мало не покажется! У меня люди!

— У тебя не люди, — негромко донеслось до полковника.

Загорелись огоньки тонированной девятки.

— Ничё не боятся, — прохрипел полковник. — Придёт наше времечко.

В глубокой задумчивости он нажал на кнопку 19 и добрался до своего этажа. Створки лифта разъехались, и полковник увидел перед собой сына с комком тетрадной бумаги в руке. Сын был очень бледен. Из квартиры доносились рыдания.

* * *

Чуров поднял деда, Аги помогла его раздеть. Сухая плоть тлела под грязной майкой. Чуров смазал густо-коричневую сухую кожу раствором. Наложил присоски на руки, на левую ногу, на грудь. Окно старинное, с медными затворами, краска выщербленная, карниз дырявый, ржавый, — огромное окно, огромнейшее. Подоконник широкий. На подоконнике... Чуров вгляделся и отвёл глаза. М-да.

Дед зашевелил губами и открыл глаза.

— Коля, — утробно булькнул он, покосившись на Чурова. — Когда пензия? По каким числам?

— Двадцать девятого, — прошептал Чуров, хоть он был и не Коля.

— Коля, — пробулькал дед, тараща глаза, — у меня это... болит это...

— Голова? Ноги, спина?

— Вот тут болит, — пробулькал дед и положил громадную заскорузлую руку на грудь. Рука ходила ходуном.

— Он на таблетках, возможно, — предположил Чуров. — Голос слышишь, ему горло сводит и губы. Без него беспокоится, спать не может.

— На галоперидоле он был, — сказала Аги.

Они выпрямились и нечаянно встретились взглядами.

— Может, лучше его вернуть, раз ты знаешь куда? — предложил Чуров.

Аги покачала головой.
— Некуда его возвращать. Только хуже будет.

— А можно меня из-под люстры перевести куда-то? — подала голос баба Валя. — Сматрикась там трещины какие. Как грянется на меня прям... Я спать не буду, я боюсь. А утром придут за мной, прийти должны. Там отдать должны, деньги-то. За телевизор.

Бабу Валю некоторые считали ведьмой — за то, что она, по слухам, умертвила двух человек. Но на вид в ней не было совершенно ничего зловещего. Это была древняя женщина, работавшая ещё в блокаду. Дочь и внук её умерли, но сильнее всего она переживала за аквариум и телевизор. Чуров иногда по её просьбе приносил белого хлеба. Однако хлеб всякий раз был не тот.

— Эта люстра уже давно там висит, — Аги. — Не бойтесь.

— А на окошке кто там у вас сидит курит? Это сестра ваша тоже? Скажите, чтоб не курила!

Чуров перевернул её, подложил поудобнее ветхое полотенце под спину.

— Никто у нас на окошке не курит, — Аги быстренько, и Чуров кивнул, и оба старательно отворотились от окна, потому что действительно сидит и курит, дым выпускает в неровную трещину-щель. И она, на подоконнике сидящая, посмотрела потом на люстру, и люстра покачнулась. Слегка. И трещины на потолке напряглись, набухли, как вены у бабы Вали.

(Чуров проснулся и обнаружил, что он на лекции. Положил голову щекой на парту. Внизу появился автомат по продаже кофе. Ново... введение... в кардиологию. Итак, на прошлой лекции. Мы разобрали. А сегодня мы разберём. Толстая чуровская щека расплющилась. Её грел стоящий рядом тёплый коричневый стаканчик с мутным бурым кофием. Стенка стаканчика запотела. Левая коронарная артерия начинается из левого заднего синуса Вальсальвы. Чуров как во сне услышал голос лектора, он знал — надо бы приподняться и что-то бы да записать, да вот хоть кофе отхлебнуть. Она представляет

73

собой широкий, но короткий ствол длиной обычно не более 10–11 мм. Мятная конфета жгла расплющенную щеку изнутри.)

Чуров вздрогнул и проснулся спустя две секунды в зале девятого отделения. ЭКГ пишется. А невидимая сестра, что на подоконнике, так и сидела себе нога на ногу, курила молчаливо и терпеливо. Ты своё дело делаешь, а я своё. За окном воздух сгустился до сини, сухо и морозно, мелкий острый снег начался, чуть подзамело по крышам, немного побелело. А в зале девятого отделения тепло и душно. Острый запах мочи немного разбавлен свежестью сквозняков. Старик лежал закатив глаза. Небритые щеки изменили цвет. Чуров быстро наклонился к нему.

— Отец! — позвал Чуров громко, потряс за плечо. — Эй! Не надо, вот это вот не надо... Эй, отец!..

5. Тестомешалка

Дом, где Чурбанов устроил офис, был мрачным и ветхим шестиэтажным кирпичным строением неподалёку от «Балтийской». Входя с узенькой улочки в подворотню, визитёр попадал в маленький тёмный двор, где ничего не было, кроме бетонной клумбы, забитой залётными сухими листьями, и кучи битого кирпича. Над двором, в квадрате неба, висели провода. С трёх сторон стояли жилые дома, а с четвёртой во двор выходила стена хлебозавода. Оттого на дворе и на лестницах всегда пахло дрожжами.

Хлебозавод был о шести этажах, и круглые сутки во всех его окнах горел квадратный, напряжённый, ярко-жёлтый свет. Трижды в сутки в недрах хлебозавода, в самом большом цеху, начинала работать тестомешалка. Хлебозавод был сердцем этого тёмного, полуразрушенного квартала под снос, а тестомешалка — сердцем хлебозавода, и вот трижды в сутки, в десять утра, в шесть вечера и в два часа ночи, ровно в два, начинался замес: ровные мощные и тугие толчки сотрясали стену дома и сам дом. Глухо и густо: бух, бух, шмяк — через два раза на третий, — и подрагивали стулья, и свет помаргивал, потому что тестомешалка ощутимо сосала электричество. А на другой стороне дома спокон веку была булочная хлебозавода, и там продавали свежие булки и пшеничную водку.

И туда ходила баба Валя, которая всю жизнь, с самой блокады, работала на хлебозаводе. А хлеб был для бабы Вали богом. И он был её сердцем. И хлеба она покупала многовато, про запас, заплесневелым белым мякишем она кормила окрестных голубей. Но дочь бабы Вали вместо хлеба жрала водку, а внук бабы Вали отверг и водку, и хлеб, всему этому предпочёл «крокодил» и дома у бабки появлялся редко — обычно в дни пенсии.

Комната бабы Вали находилась прямо над офисом Чурбанова. Однажды вечером Чурбанов пришёл в офис и увидел, что с потолка капает зелёная вода. Баба Валя никогда их не заливала, и Чурбанов, беспокоясь, решил проверить — что с ней.

К тому времени баба Валя уже сильно состарилась. Когда она шла за едой через подворотню, то часто останавливалась и держалась за стену. Магазин-то находился совсем рядом, в том же доме, только с улицы. Чурбанов иногда предлагал бабе Вале сбегать за неё купить продуктов, но баба Валя всегда отказывалась. Сбивчивые её возражения сводились к тому, что Чурбанов того, что ей надо, не купит, а накупит не того, и ей, баба Вале, будет неудобно, да и есть она привыкла привычное, а непривычное привыкла не есть. А к тому же, если ей не ходить в магазин, то где же тогда ей повод погулять по подворотне, послушать ветер, увидеть тени при солнце.

Хотя вообще-то так складно баба Валя не объяснялась. Она говорила не очень членораздельно. Смысл ее речей Чурбанову приходилось угадывать.

Беспокоясь, Чурбанов вышел снова во двор, оттуда зашёл в дырявый мрачный подъезд. Во дворе собака, урча, глодала крупную кость. В подъезде было очень сыро и темно. По выщербленным покатым ступеням, хватаясь за гвоздеватые перила, Чурбанов поднялся на пролёт вверх. Вот и площадка первого этажа. Попытался нашарить звонок в квартиру бабы Вали, но рука наткнулась на что-то шероховатое, колкое. Звонок был напрочь выжжен, кнопка расплавлена до проводов. Чурбанов достал зажигалку. Теперь он увидел, что сгорела вся дверь. Дермантин выгорел и обуглился. Полопались тонкие струны, делившие его на ромбики.

— Суки какие, — проговорил Чурбанов вполголоса и постучал в дверь ногой.

Звуков не было так долго, что Чурбанов решил уже вызывать милицию. Но тут он услышал близкий кашель. Оказалось, что баба Валя давно стоит у самой двери. Чурбанов затаил дыхание — и баба Валя на той стороне тоже затаила дыхание. Но, понимая, что кашель выдал её, она вдруг не выдержала и закричала надтреснутым голосом:

— Жгите! Жгите! Можете хоть всё пожечь! У меня ничего нету! Не буду подписывать! Я вам говорила, у меня нет ничего!

— Баба Валя, — позвал Чурбанов. — Это я, директор Чурбанов. (Директором Чурбанов называл себя ради бабкиного доверия.) Впустите, пожалуйста. У нас течёт что-то зелёное с потолка.

Дверь приоткрылась, но света Чурбанов не увидел.
— Входите, — сказала баба Валя хрипло.

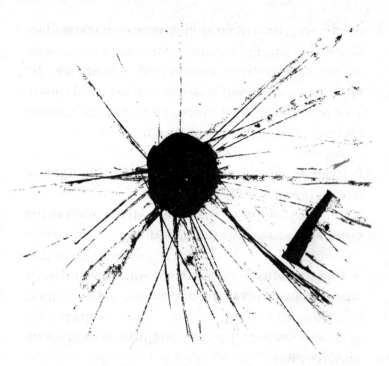

Чурбанов прошёл за ней через прихожую в маленькую комнату. Всё в ней было разгромлено. Под ногами блестело и хрупало стекло. В комнате было холодно. Свет не горел, а светло было оттого, что за окном, напротив, горели все квадратные жёлтые окна на хлебозаводе. Сочились сквозняки. Валялись обрывки тюля, битой пластмассы, какие-то игрушки. Окно тоже было разбито, правда, внешнее стекло вроде бы не выпало, а только треснуло. Дрожжами здесь пахло ещё сильнее, чем на лестнице и во дворе. Баба Валя была в пальто и валенках.

— Кто вам окна побил? И почему так мокро?

— Это аквариум, — сказала баба Валя так же хрипло и, Чурбанову показалось, горестно. — Уж рыбы-то не было. Одна вода. Петин аквариум был. Это за кредиты за эти за все. Это эти, которые... это дьяволы. Ничего у меня нету, больше нету ничего. Одна вода. Телевизор уже унесли у меня. Я при чём здесь, Петя умер давно. Стёкла побили. Подписывать я ничего не собираюсь, даже не предлагайте.

— Коллекторы? — догадывался Чурбанов. — Кредиторы? Петя умер? Когда?

— Давно уже умер, — сказала баба Валя. — Вот. Посмотрите. Одно стекло. Телевизор унесли, аквариум разбили. Всё разбили, — повторяла баба Валя, стоя в валенках посреди комнаты. — Вы дьяволы. Вы понимаете, что у меня нету ничего? — Чурбанов почувствовал, что баба Валя не очень хорошо соображает, кто перед ней. — Чего мне подписывать, когда телевизора уже нет, вы всё унесли...

— Баба Валя, это я, директор Чурбанов, сосед снизу, с фирмы, — ему показалось, что если баба Валя узнавала его раньше, то может узнать и сейчас, но нет:

— Вот, — баба Валя схватила его за рукав и заволновалась. — Видите? Вот это вот что, по-вашему, такое? Это вот телевизор ваш... Это вот ваши кредиты... Что вам ещё от меня нужно? Если Пети уже нет. То чего подписывать-то. Я всю жизнь на хлебозаводе, с блокады, проработала. Хлебозавод — это сердце города. Если хлеб есть, то и город живёт. А вы суки, дьяволы...

Чурбанову стало слегка не по себе. Баба Валя трясла его за рукав. В свете окон завода напротив глаза у неё косили и поблёскивали, и белёсые волосы тоже блестели, выбиваясь из-под шапки. Картина ясна. Давят на неё, чтобы квартиру отдала. Достанут бабулю до печёнок, она подпишет, не читая, и пойдёт бомжевать. А ей, пожалуй, и подворотню не пройти, и зимы этой она не переживёт.

— Давайте сделаем так, — сказал Чурбанов и высвободился из баба-Валиной щепотки. — Я схожу принесу хоть фанерку какую-нибудь. Окно прикрыть. А то тут очень холодно. Понимаете? А завтра электрика вызову. Если они придут, — Чурбанов попытался посмотреть бабе Вале в глаза и загипнотизировать её, но не смог поймать косой взгляд, — вы ничего не подписывайте! Я завтра найду вам адвоката, баба Валя!

Хорошего! Мы с вами возьмём их и просто выставим. Ладно? Мы их просто выкинем. Этих коллекторов или кто они там. А может, это просто бандиты.

— Бандиты, — подхватила баба Валя. — Аквариум мне разбили. А я при чём. Чего подписывать.

— Да-да, вот именно, — Чурбанов для верности несколько раз кивнул. — А пока — фанеру. Ладно? Чтобы в окно не дуло. Сейчас принесу и чуть-чуть заделаю. Ладно?

— Сходи в магазин, — вдруг сказала баба Валя. — Белой булки мне купи и маленькую. Магазин-то открыт?

— Открыт, куплю.

— Ну вот, — баба Валя притиснулась ещё ближе, подняла голову, так, что Чурбанов в свете окон хлебозавода с улицы мог теперь хорошо разглядеть ее лицо и белые патлы. — Водочки и белой булки принеси. Денежки я тебе отдам. У меня есть.

— Хорошо. А может быть, ещё что-то нужно? Я список напишу, баба Валя, всё строго по списку.

— Нет-нет, ничего больше не нужно. Больше ничего не нужно. Всё у меня есть, мне ничего не нужно. Только белой булки и маленькую. А то купишь, что мне не надо. А мне булку надо, белую. И маленькую. Это любую можешь, любую.

Чурбанов выбежал из подъезда, завернул в подворотню, дошёл до магазина. Магазин был старенький, провинциальный. Там настоялось то же сонное, хлебное комковатое тепло, что виднелось в окнах. Над жёлтым прилавком с крендельками в пакетах дремала продавщица в синем кокошнике. Солёные огурцы мокли в жестяном пятилитровом бочонке. Водки и коньяки стояли под ключом, за слегка обляпанными стеклянными дверцами.

— Булку и маленькую, — сказал Чурбанов, и вдруг почувствовал что-то странное, как будто это не он гипнотизировал бабу Валю, а она его. И как будто он на самом деле был не в магазине, а где-то ещё. Отчего-то сильно ёкнуло и быстро-быстро забилось сердце.

Чурбанов заторопился, схватил товары и выскочил в дверь. Тут же перед его носом в подворотню въехал мерс цвета «вишнёвая кровь». Чурбанов выждал, пока проедет, заскочил в подворотню, оттуда, пока те парковались в крохотном дворе, — в подъезд.

— Вот, — сказал он, выкладывая на стол булку и водку. — Принёс.
Баба Валя всё стояла посреди комнаты.

В дверь громко постучали. Повторили ещё громче.
— Стойте здесь, — велел Чурбанов бабе Вале.

Он вышел в прихожую.
— Кто там? — проорал он прямо в дверь.

Трое, а может, и четверо. Чурбанову было не страшно, но довольно-таки противно. Четверо, со стволами небось.
— Бабка, кто там у тебя? Эй, открывай. Нас много, — слышалось с той стороны двери.

Чурбанов внезапно развеселился. Он дёрнул дверь на себя, и чуваки, а их было только двое, ввалились в прихожую.

Чурбанов кинулся пожимать им руки. Первый был квадратный и только казался грузным, а передвигался вороватой паучьей побежкой. Другой был прямоугольный, возвышенный. Когда он стоял рядом, то похож был на человека, и даже неплохого, особенно в профиль.

— Приятно видеть коллег! — веселился Чурбанов, пожимая их руки обеими своими. Мучители слегка оторопели.

— А ты-то кто? — спросил квадратный, моргая маленькими блестящими глазками. — От какого банка или чего?

— Я генеральный директор Чурбанов! — рявкнул Чурбанов, как адский предводитель. — Указ от первого декабря слышали?! О проверке деятельности коллекторских агентств...

— Проверке что-что, — спросил ровным голосом тот, который был слегка похож на человека и стал похож поменьше. В темноте Чурбанов не видел его лица. Вообще коллекторов было как-то плохо видно, словно бы они сами заслоняли себя, мешали на себя смотреть.

— Коллекторских агентств, — ехидно сказал Чурбанов и тут же понял, что они ему не верят.

— А я водочки налила, — проскрипела баба Валя откуда-то из-за стола. — Булочки нарезала. Что вам от меня нужно? Я ведь ни в чём не виновата. Петя умер, я всю жизнь на хлебозаводе проработала. А хлебозавод, это же сердце города.

Город живёт, потому что хлеб вот есть. А они приходят и говорят: отдавай телевизор. Вот булочка белая, кушайте. Я с блокады...

— Водочки-то можно, — сказал квадратный и заслонил окно своей негустой чернотой. Интересный у него голос, подумал Чурбанов не без страха. Голос этот доносился будто издалека. Учитывая размеры комнаты, эффект выходил подлинно жуткий, как если бы квадратный сам по себе был колодцем, а голосовой аппарат у него находился на самой глубине, метров тридцать как минимум.

— Булочку — это мы вообще с удовольствием, — сказал прямоугольный и, согнувшись, как полоска тёмной бумаги, сел на стул. — Возьмите, — он передал рюмку Чурбанову.

Чурбанов уже было почти совсем взял, но почему-то вдруг передумал, он и сам не понял почему.
— Знаете, — сказал он прямоугольному, — вот не хочу я с вами пить, простите уж. Вы зачем бабу Валю доводите? Я когда пришёл, она в жутком состоянии была. А теперь даже старается, чтобы вам угодить. Кому рассказать, никто не поверит. Вы ей дверь сожгли, квартиру хотите отобрать, а она вам водки, хлебушка. Нормально это?

— А ты чё знаешь, — прогудел квадратный, залив в свой колодец водку. — Ты ваще тут никто. А мы бабы-Валины контрагенты, если хошь, мы её партнеры. Квартира нам отписана, мы здесь останемся. А кто довёл, надо ещё доказать. Ты тут, чувак, в подвале фирму держишь, что ли? Ну, так ты конкретно попал...

— А может, не надо? — похожий на человека махнул рюмку, поморщился, зачем-то глянул в неё и зажевал хлебный мякиш.

— Надо-надо, — вдруг сказала баба Валя. — Это плохой человек, он Петю моего убил. Да ещё и пить не хочет с нами. Даже хлеба нашего не ест... Я ни в чём не виновата, я с блокады, это он меня вот и довёл. Аквариум разбил, окна побил. Пришёл и говорит: отдавай телевизор... А я булочки купила...

Чурбанов закрыл глаза рукой: ну и влип. Бабка определённо не соображала. Квадратный двор-колодец надвинулся на него:

— Чего бабок кошмаришь, коллектор, а?

Чурбанов схватил сломанный стул и огрел квадратного. Тот ловко заслонился и бросился на него. Прямоугольный вскочил. Чурбанов перепрыгнул через стол и молниеносно пригнулся:

над ним пролетело что-то тяжёлое, окно со звоном осыпалось окончательно. Чурбанов распрямился, уклонился вбок и вломил прямоугольному.

И не то чтобы так уж сильно он вломил, но эффект от этого удара произошёл суперменски потрясающий: прямоугольный скорчился от боли и перегнулся пополам.

— Ты сука что делаешь-то... — простонал он.

Чурбанов метнул взгляд на квадратного, но, к удивлению, увидел, что тот тоже согнулся пополам, хватая ртом воздух, под шнурком, на котором висит разбитая лампа, и вид у него такой, как будто Чурбанов вломил и ему тоже, обоим сразу. Чурбанов попытался вспомнить, бил он квадратного или нет: кажется, не бил. Стулом разве что, но он после этого ещё ого-го как скакал. Ну не баба Валя же его так убрала?

Или?..

— А-а-а, — застонал квадратный, упал на колени, потом — медленно — на пол и задёргался.

— А-а-а, — стонал прямоугольный, скрючившись на диване. — Баб... ка...

За окном послышались негромкие голоса.

— Что у них там происходит? Разборки какие-то.

— Утюг из окна выкинули. Не надо, Серёжа, там наркоманы живут, это давно уже.

Голоса загудели невнятнее, удаляясь в подворотню. Чурбанов видел, как корчится на диване прямоугольный, изгибаясь в предсмертных спазмах. С пола слышались мерзкие и жуткие звуки — не рычание, не сипение, а какой-то сдавленный вой. При отравлении крысиным ядом мышцы челюстей, затылка и спины сводит судорогами.

Баба Валя всё так же стояла посреди комнаты, святая и косая. Недопитые рюмки и белые пряди бабы Вали светились в лучах хлебозаводских окон. Валялись на столе недоеденные куски белой булки. Коллекторы-рэкетиры корчились под столом. Сифонило из окон. Пахло дрожжами.

— Телевизор унесли, — бубнила баба Валя, глядя мимо Чурбанова. — Я на заводе на этом работала ещё в блокаду, на тестомешалке. Работает тестомешалка, и город может жить. Работает завод, и город живёт. Булочку есть можно, вся жизнь в ней. Вот и я как будто вечная, а всё потому, что я хлебом одним питаюсь, потому что всё хлеб ем. Петя умер, все умерли, а я хлеб всё ем и вечно всё живу. Аквариум мне разбили, а это Петин был аквариум. Это всё кредиты вот эти все. Вот у нас центральное всё отопление, а сунуть бы их в печку, да и дело с концом, а так всё неудобно...

Чурбанов прикрыл за собой пожжённую дверь, неслышно спустился по лестнице, вышел, походил по двору от лужи к луже. Посмотрел на мерс и подумал: надо вернуться за ихними ключами и ихний мерс сегодня же загнать. А деньги бабе Вале отдать поскорее. И адвоката, конечно же. Как он и собирался вначале. Адвокат бабе Вале очень пригодится. Да и деньги лишними не будут. Он же хотел помочь, вот и поможет.

Дом содрогнулся. Тестомешалка завелась и пошла ритмичными толчками бить тесто. Начался замес.

6. Чуров блюз

Чуров шагал по рельсам одноколейки, заросшей иван-чаем, а за ним бежала его собака — восьмимесячная овчарка Шеф. Чуров ехал продавать дачу.

При маме они начинали ездить в конце апреля. Всё подчинялось распорядку: что взять с собой, что есть, что делать. Чуров любил дачу:

— и время отправления электрички 17:36 в пятницу с Балтийского вокзала, 19:03 в воскресенье обратно от их станции;
— и дачный домик, за обоями которого шуршали короеды; из щелей которого вылезал сухой мох, так что Чуров конопатил брёвна, заталкивая туда паклю специальным деревянным клинышком; с потолка которого сыпался уголёк, что ещё бабка клала на фанеру, отделявшую потолок от чердака;

— и огород, когда-то густой и плотный — все шесть соток были засажены, и не вилась мелкая мошка над морковью, заставляя ботву скурчавиться, и непомерно огромной вырастала свёкла;

— и любил Чуров, выкопавши картошку, раскладывать её сушиться в тёмном чулане, потом переворачивать, освобождать от высохшей земли и загружать в подпол;

— и любил даже те бесконечные часы, когда они с мамой, сидя на корточках, рылись в сухой, как порох, земле под синим небом и бодрым попискиванием радио;

— и топить баню, заготавливать веники, ходить по грибы и малину, и закатывать огурцы в малиновых августовских сумерках, и пропитывать спиртом кружочки бумаги, чтобы класть сверху на смородиновый джем (от плесени).

Чуров любил здесь всё, каждый предмет, от старого черпачка в древней бане до мелких трилистничков кашки у рассохшихся ворот. И вот теперь вся эта жизнь должна была умереть вместе с мамой, а мама умерла как раз в начале апреля.

Мама умерла в начале апреля, и теперь частым занятием Чурова было перебирание в памяти подробностей, деталей её последних трёх дней, как бы составление жития, «страстей», которые имели для Чурова, специализировавшегося в кардиологии, особенное значение ещё и потому, что умерла она после операции на сердце, на которую не могла не пойти — и которой не перенесла. Но если бы мать не пошла на операцию, она умерла бы так же непременно, однако умирала бы дольше и мучительнее.

Выходило, что операция в любом случае должна была помочь, так или иначе; хотя это «иначе» не входило, конечно, в мамины планы.

Чуров не то чтобы очень горевал, скорее задумывался. Если найти точное слово, то жизнь без мамы как будто обмелела. Как будто ушла вода и показалось дно. Столько лет подряд Чуров про себя прокручивал, что же будет с ним, когда умрёт мать. Смерть мамы лет с шести проникла в него и сделала навсегда будущим сиротой. Это была прививка грусти, которая и усиливала, обостряла его счастье рядом с мамой, и уменьшала будущее горе (как отчисления на амортизацию аппаратуры).

Поэтому когда мамы действительно не стало, Чуров уже больше не горевал. Он встретился со своей грустью, сошёлся с ней, расплатился. Хотя он иногда вдруг по привычке начинал мысленно рассказывать маме о событиях дня, останавливал себя — *м-м* — и тут же переставал понимать, зачем же тогда всё продолжает происходить, если и маме уже рассказать нельзя.

Ну а если так, то уж дачу и подавно следовало продать. Но не сразу Чуров собрался это сделать. Вишни зацвели, вишни отцвели, вишни созрели и вишни съели, и только теперь Чуров шёл вслед за Шефом по заросшей одноколейке, а потом по тропинке через рощу.

Они подошли к даче задами. *Надобно*, — думал Чуров, — привести её *в божеский вид*. Трава выросла чересчур высокая, домик будет выглядеть заброшенным — *следует* проветрить, выкосить, подпилить. Солнце светило на это безобразие: заросший малинник, некошеную траву. У Чурова было много работы.

Калитку перекосило, она отсырела. Весь в росе, Чуров схватил калитку за плечо, немного потряс. Другой рукой ухватил щеколду, подёргал. Ничего не получалось. Щеколда заржавела. Да и как открывать, когда травы столько. Пришлось обходить, продираясь через заросли. Чуров ломился. Шеф скакал, бока в росе. Наконец ближе к дороге и пожарному пруду началась стерня, это сосед обкосил по периметру свой

забор. Ворота открылись легче, хотя тоже отсырели. Засов со скрипом пошёл вправо, и Чуров с Шефом осторожно двинулись по дорожке, на которой мама уложила рубероид, чтобы не зарастала.

— Уф-ф, теперь самое сложное — дверь открывать, — сказал Чуров Шефу. — Ну, держись.

Он перекинул рюкзачок вперёд и стал нашаривать ключ. Дверь была тугая. У Чурова никогда не получалось открыть с первого раза. А у мамы-то всегда получалось, конечно. Она брала ключ большим и указательным, нацеливала в скважину и толчком посылала внутрь, там легко поворачивала на четверть и, тоже легко, но уже с усилием, дёргала на себя. Раз, два, три — дверь с щелчком открывалась. *Ты прямо, прямо суй, а ты всегда суёшь косо.*

Чуров вдумался и представил себя мамой. Как она нацеливается внутрь и суёт ключ прямо, не косо. Тут важна подача. Чуров послал ключ вперёд, повернул на четверть и перехватил, точно так, как мама это делала. Он подражал ей. Перехватил — и, не теряя времени, потянул на себя. Но чуда не произошло. Он, конечно, не смог сделать это так, как мама. Не смог ни на второй, ни на десятый раз. Тогда Чуров посопел и стал делать это как обычно, на свой манер: засовывал, осторожно делал четверть оборота, нерешительно тянул на себя. Но и так не выходило ничего. Солнце припекало брезентовую куртку. Шеф послушно сидел на крыльце и ждал.

— Нервишки, — сказал Чуров Шефу. — Вроде особо не нервничаю, а открыть не могу. Просто сегодня день такой, ну, день такой, м-м...

На этих звуках Чуров наконец подцепил нутро замка, дверь щелкнула и отворилась.

Шеф встрепенулся и зашёл на веранду. Там было хорошо. Висел серый тюль. Стояли сапоги Чурова, а рядом мамины, красные, и бывшие бабушкины, те, с треугольничками. На клеёнке лежала засохшая луковка в крышке от банки.

Внутри дома было хуже — сыро, пусто и темно. Всё вконец потускнело и поблёкло. Никогда, даже в дни детства Чурова, не бывало здесь по-настоящему весело, но раньше этого было и не надо, а теперь дом показался Чурову склепом. Он покосился на мамину кровать. Как мама застелила её, так всё и осталось. *Я спать, а ты как хочешь.* Эта фраза и раздражала Чурова, и нравилась ему. В этой фразе была свобода, эта фраза служила матери вместо отдельной комнаты, которой у неё никогда и нигде не было. Одновременно этой фразой мать признавала взрослым и свободным самого Чурова, имея в виду, что они весь день были вместе, но это не значит, что он должен лечь спать в одно время с ней. Но в то же время мать как бы и просила Чурова уважать её сон (хотя ни Чуров никогда не шумел вечером, ни мать не обращала внимания на шум и свет: засыпала она быстро, спала крепко).

Чуров погляделся в серебристое зеркало. Комнату в зеркале слегка перекосило. Виляя хвостом, прошёл Шеф. Понюхал ведёрко под умывальником и гавкнул. В ведёрке валялась сухая дохлая мышь.

— М-да, — сказал Чуров. — Ну, давай-ка здесь хорошенько проветрим, а сами пойдём траву косить. Шеф!

Они прошли в дровяной сарай. Там было темно, только солнце светило сквозь щели. Чуров взял косу, скинул куртку и вышел в сад.

Косил он чисто. Солнце светило ярко, сад быстро высыхал. Когда уставал, брался за грабли. Шеф обследовал участок, мелькая там и сям за кустами. Пару раз негромко гавкнул, обнаружив свежие кротовьи норки, но видя, что Чуров охотиться не хочет, лаять перестал — только искал, нюхал и рыл. Чуров между тем выкосил всё, что росло внутри забора, и ещё немножко за забором, сгрёб в кучи и принялся носить на яму охапки сырой от росы травы, зацветающих сорняков, колючек, вьющихся плетей.

Когда он уже почти всё скосил, его поприветствовал со своего двора сосед.

— День добрый!

— Добрый! — откликнулся Чуров.

— Что так долго не приезжали?

Чуров сообщил ему траурные известия, сосед заохал и принялся расспрашивать, и вопрос за вопросом они добрались до тех последних трёх дней. Конечно, соседу Чуров выдал сокращённую версию, предназначенную для тех, кто ничего не смыслит в кардиологии.

— Она, — рассказывал Чуров, — вообще не собиралась умирать. Я потом её сумку разбирал. Она там, в больнице, бахил набрала. Чтобы потом, значит, в них по поликлиникам ходить. Взяла с собой из дома кучу книг каких-то, биографию Черчилля. Когда легче станет, читать чтобы. А после операции... Она так и не начала сама дышать. Пролежала день, хуже, хуже — и утром умерла. Полиорганная недостаточность... Это когда все системы организма отказываются работать.

Сосед, как видно было Чурову, печалился. И понятно: столько лет проводил лето рядом с такой милой соседкой, как мама Чурова, и вдруг её нет.

— И что — теперь продавать будете?

— Да, продаю, — сказал Чуров. — Уже минут на пятнадцать опаздывают. А вон, кстати, похоже, они.

* * *

Точно, это были они. Мужчина и женщина, оба полные, высокие, лет сорока пяти или пятидесяти, ходили по улице туда-сюда и высматривали признаки: номер дома, цвет, — пытаясь угадать, туда ли они пришли.

— Сюда! — сказал Чуров. — Заходите!

Мужчина и женщина подошли.
— День добрый, — сказал мужчина очень приветливо, но нерешительно.

— Добрый, — сказал Чуров. — Не бойтесь, не кусается. Шеф, сидеть.

Покупатели гуськом обошли за Чуровым вокруг домика.
— У вас вплотную, — отметила женщина.

— Да, у нас везде соседи, — подтвердил Чуров.

— Комаров, наверное, много?

— М-м! — пожал плечами Чуров.

Мужчина легонько пнул берёзу и посмотрел вверх. Чуров попытался представить себе, о чём он думает, но не смог.

— Хорошее место, — сказал мужчина Чурову. — Мне нравится. Тихо, приятно, окультурено, — подчеркнул он, глядя на яблони. — Единственное, с заездом не очень понятно, но это можно решить. Мы всё посмотрели и вам позвоним.

— Спасибо! — покупатели поблагодарили Чурова, попятились, чтобы дать ему открыть ворота, и гуськом вышли на улицу.

Чуров отметил, что они не только не зашли в дом, но и даже не посмотрели на него. Вернее, они смотрели сквозь дом — так, будто его и не было вовсе. Конечно: это только для Чурова тут есть дом и есть на что смотреть. Так-то развалюха. Если участок купят, дом новый будут строить. Какой-нибудь финский, хонка-вагонка.

Чуров поискал глазами Шефа, нашёл его и вернулся к очередной охапке травы. Взял её, набрал побольше, прижал к животу и понёс на яму. Трава кололась, часть её была сухие трубочки тысячелистника, часть — свежий ядрёный осот и сныть. Она густо пахла разными тёмными и светлыми запахами.

Бедная мама. Бедная маленькая мама, — подумал вдруг Чуров.

Теперь сад был аккуратно выкошен, а дом — проветрен. На веранде уже стало и свежо, и жарко. Чуров подсоединил баллон с газом, накачал воды на колонке и приготовил себе обед: разогрел на сковороде пять картофелин и банку тушёнки. Чуров не стал накрывать на стол — сел есть на ступеньках веранды. Занавески, прикрывавшие веранду от мух, качались, а сверху побрякивали.

— Кушаете? — окликнул сосед из-за забора. — Лучку молодого не хотите?
Он потряс над забором пучком зелёного лука.

— Спасибо, — Чуров подошёл и лук взял.

— Ну, как покупатели? Сошлись в цене?

— О цене пока не говорили, — сказал Чуров. — А сколько может стоить такой участок?

— Толя в прошлом году продавал, племянник Георгия Иваныча покойного, триста пятьдесят тысяч дали, — сказал сосед. — Но там хуже, у него под уклон, и земля никакая. Вы можете полмиллиона смело просить.

— *М-м!* — только и сказал Чуров.

Сосед исчез. Чуров вывалил остатки тушёнки из банки, угостил Шефа. Послеполуденное солнце светило неярко, но отчётливо. Ветра почти не было, но занавески чуть покачивались. Короткая дорожка от крыльца к воротам поблёскивала каплями воды.

— Не буду я ничё продавать, — сказал Чуров Шефу. — Возня какая-то непонятная. А чё получишь? Полмиллиона, ерунда. Даже машину нормальную не купить, не то что квартиру там. Ну а машину если, куда опять же ездить, если дачи нет?
Шеф был совершенно с ним согласен.

* * *

Спустя пару часов Чуров уже шагал обратно на станцию по рельсам одноколейки, заросшей иван-чаем. Шеф бежал впереди. Чурову пришло сообщение, он достал телефон, но сообщение оказалось просто предупреждением МЧС о будущей грозе, так что Чуров хотел уже сунуть телефон обратно, но потом остановился и решил заодно наконец стереть оттуда мамин номер, чтобы вечно на него не натыкаться.

Однако заместо этого Чуров по ошибке нажал на видео. Он сразу понял это, но зачем-то продолжал снимать, как Шеф бежит по рельсам вперёд. Потом подозвал пса, потрепал, продолжая снимать и приговаривать:

— Шефчик, Шеф, хороший пёс! Да ты просто отличный пёс! — приговаривал Чуров, а сам снимал, потом сел на корточки среди деревянных искрошенных шпал, пропитанных креозотом, среди иван-чая — фиолетовых цветов и белого улетающего пуха. — Да ты моя умница!

Шеф валялся, подставляя белый нежный живот, а Чуров его снимал на видео.

Это видео Чуров потом наладился креативно использовать с детьми, не желающими открывать рот. (*А у меня собачка есть, смотри, какая собачка! Хочешь ещё посмотреть на моего пса? Открывай тогда поскорее рот, я тебе горлышко быстро посмотрю, а потом сразу покажу, какая — у меня есть — соба-а-ака... Шефчик, Шеф, хороший пёс. Да ты моя умница.*)

7. Чурбанов блюз

Их было двое, оба в штатском: тот, что повыше, прямоугольный, — в чёрном пальто, а пониже и квадратный — в чёрной кожаной куртке. Чурбанов увидел их издалека. Улица текла, солнечная и обледенелая. Кончался март. У обочины была припаркована машина. Оба в штатском громко ругались или шутили, заталкивая в машину девицу в пуховике.

Это была взрослая уже девица, женщина даже, лет двадцати пяти, может, но только маленькая. Не настолько маленькая, чтобы принять её за маленького человека или за подростка. Просто миниатюрная. Лицо у неё было такое бледное и плоское, что казалось побелённым или фарфоровым, как блюдечко. Она запрокидывала его вверх, и на восточных глазах темнели прозрачные слёзы. Хотя этого Чурбанов и не видел. Даже не видел и того, что сами глаза были чёрные, и волосы иссиня-чёрные. Чурбанов видел только её фигуру: на сносях. Она пыталась сопротивляться, но вяло. Медленно и тихо кричала, приоткрывая намазанный рот. Пуховик был чёрный, оторочка капюшона — золотистый мех. И сапоги на каблуках, не убежать.

Чурбанов ещё подумал, подходя: красивая она или уродливая? Тут же ему самому стало стыдно таких мыслей, но тут же и стыдно своего стыда (бесконечная рекурсия). Вдруг он совсем перестал думать.

Вся беда Чурбанова была в том, что думал он всегда слишком быстро. Так быстро, что иногда совсем не думал. В следующий момент он уже вломил прямоугольному чуваку в пальто. Молниеносно и неожиданно нагнул его пополам и вломил, и снова вломил, а потом с размаху пизданул мордой о чёрную оградку. Больно-больно пизданул, с хрустом, и кровь хлынула. Чурбанов возликовал, ибо он ударил своего врага очень скверно и опасно, и прямоугольный уже не мог больше делать ничего, он только сел назад и зажал руками лицо, нос, сквозь руки текло, это был болевой шок. Всё происходило в секунды.

В эти же секунды квадратный попытался затолкать свою жертву в машину, но Чурбанов
прыгнул на него сзади, и той удалось убежать.
Она бежала вбок и прочь, ковыляла, ей было
страшно и Чурбанова, и тех двух, к которым
она, как казалось, не имела никакого отношения.

В это самое время Чурбанов и второй хлопнулись на обледенелый асфальт и заизвивались
там, но из машины вылез третий, невидимый
до тех пор, и пока из первого текла кровь, пока
Чурбанов пиздил второго, а тот Чурбанова,
третий принялся помогать квадратному, и вдво
ём они начали Чурбанова одолевать. Чурбанов
не владел никакими особыми приёмами. Победить первого ему помогли только ярость и сила,
взять временно верх над вторым — только кураж неожиданной победы над первым. Теперь
же его вчистую уделывали профессиональные
и превосходящие силы. Его могли бы умертвить совсем, но эти знали толк во всех делах.
Их так и звали, «все дела», даром что одеты они
были сегодня в штатское. Они подтащили оглушённого Чурбанова к ограде газона («Давайте
говорить как петербуржцы: "травы дохуя, но
трава_до_хуя"», впрочем, травы-то ещё не
было), зажали ему руку между прутьями оградки и с размаху наступили. Рука хрустнула, ру-

чейки крови побежали по кисти в ладонь и засеяли каплями поребрик.

Видимо, с этого момента Чурбанов помнил не всё, но не знал об этом. Возможно, его отпинали к стене дома или он ещё каким-то образом оказался на другой стороне тротуара. Низ водосточной трубы, который Чурбанов лицезрел в течение нескольких минут и которым любоваться готов был целую вечность, казался ему похожим на жемчужное ухо фантастического слона, или на сумочку в виде женской матки с картинки в анатомическом учебнике, или — вместе с наледью и сосулькой — на голову барана. Чурбанову нравилось лежать, скорчившись, в оцепенении, и было трудно, почти невозможно стряхнуть наваждение и вернуться к боли.

Молодой человек во всём чёрном, в берете и с папкой, наклонился к Чурбанову и сказал, что вызвал ему такси до травмпункта. Чурбанов поблагодарил его и помог ему помочь ему подняться. Травмпункт находился буквально в двух шагах, но Чурбанов не смог бы сам сделать их, потому что находился в полусознании. Чурбанова не интересовало, спаслась ли девица и куда делись те чуваки, в частности прямоугольный бедолага, которого он пизданул об оградку. Иногда Чурбанову становилось слишком хорошо, иногда совсем скверно, он то вырубался, то снова приходил в себя. Наконец он вроде бы очнулся, потому что водитель такси просил его выйти из машины. Чурбанов долгое время не мог понять, куда идти. Вывеска травмпункта под бетонным козырьком не казалась очевидной подсказкой.

Чурбанова пропустили без очереди. Медики хотели вызвать ему скорую, но Чурбанов решительно отказался. Им пришлось разрезать рукав чурбановского пиджака. (Чурбанов одевался не по погоде легко, потому что передвигался по городу главным образом на машине.) Верхняя часть лица Чурбанова была здорово разбита и начинала заплывать: человек в куртке колотил его об асфальт, пока их жертва убегала. В то время как Чурбанова лечили, он всё время перематывал перед глазами это видео, как она убегает прочь, не очень громко крича, в испуге, в шоке от Чурбанова и этих двоих, с которыми у неё, как Чурбанов полагал, не было ничего общего.

Применив уколы, гипс до самого плеча и другие возможности, врач помахал перед Чурбановым снимком его предплечья, в котором были напрочь сломаны и смещены с обломками обе кости, и заявил, что лечение только начинает-

ся, потому как надо ехать в больничку, делать
там операцию и потом ещё недельку-другую
там валяться в целях правильного сращивания
руки. Чурбанов пришёл в ужас от таких пер-
спектив и принялся просить отсрочки для при-
ведения дел в порядок. Ну что же, сказали ему,
идите, но завтра утром как штык.

Чурбанов вышел на улицу, сел на оградку и стал
мрачно думать об убытках. Мысли эти приве-
ли его в такое уныние, что он решил немедленно пойти и нажраться, и даже предпринять
для этого определённые усилия. Но встать
и пойти было не так-то просто, и Чурбанов всё
сидел.

С крыши травмпункта (двухэтажного здания из
мелких, рябых, белёсых кирпичей) капало, так
что на расстоянии полуметра от стены на асфальте образовалась наледь. Чурбанов смотрел
на лёд, а потом он посмотрел поверх палисадника и вдруг увидел человека в чёрном пальто,
но это был тот человек в чёрной куртке, который ломал ему руку. Только теперь он был
в пальто того человека, которому Чурбанов ломал нос. Впрочем, это мог быть и тот человек,
которому Чурбанов ломал нос, но с носом того
человека, который ломал Чурбанову руку, —
трудно сказать.

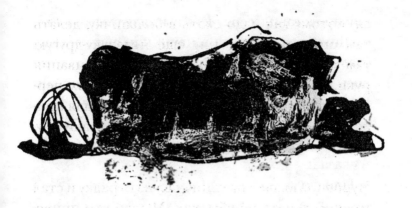

Он догадывался, что эти четвероугольные люди были не просто так в чёрных пальто и куртках и что они не оставят его в покое. Так оно
и случилось. Чурбанов твёрдо знал, что не бо-
ится ничего. Но покоя он хотел. Если вечного,
то пусть даже и так.

Он специально стал смотреть в другую сторону,
просто потому, что очень устал и хотел отдалить
будущее. Не потому, что он не боялся их. Хотя,
впрочем, он их и вправду не боялся. Но не от
храбрости, а потому, что он не мог бояться, он
ничего не мог, он мог ещё меньше, чем когда
шёл по улице и ввязался в драку.

Квадратный сказал Чурбанову:
— Мы тебя закроем. И с бизнесом попрощаешься.

— Насрать, — сказал Чурбанов.

Он представил себе, как выглядит этот палисадник у травмпункта в июне или августе. Ему стало больно от этого представления и захотелось блевать. Терпеть было очень трудно, но Чурбанов блевать не стал.

Тогда квадратный отвернулся от Чурбанова и сказал:
— Иди сюда!

Она подошла. Она смотрела на Чурбанова как на пустой двор или на люк, наполовину вмёрзший в лёд. У неё было пустое и обычное лицо. Тёмные узкие глаза. Много косметики. Такое лицо может быть у человека в любой момент времени. И в этом был весь ужас. Живот у неё был огромный. Чурбанов старался не смотреть на него. Пуховик не застегивался на этом животе, и, наверное, ей было холодно. Чурбанову стало жалко её, он разозлился и стал смотреть на водосточную трубу травмпункта, верх которой был похож на низ. Длинный стебель трубы с двумя цветками внизу и наверху.

И больше они уже ничего не сказали. Поодаль стояла их машина, и они направились туда. Теперь она готова была охотно сесть в машину, хотя прошло всего несколько часов. Чурбанов в оцепенении смотрел на них и всё пытался сосчитать убытки (сколько придется выплатить этим чувакам, сколько заплатит за лечение, сколько будет упущенной выгоды от простоя дел), но не мог сосредоточиться. Она расстегнула пуховик и шагала свободно, размашисто, ровно — и в тот момент, когда один из мужчин открывал машину, она обернулась и посмотрела на дверь травмпункта, почти на Чурбанова, почти.

Тогда Чурбанов наконец разозлился на неё, на то, что она — жертва и что она — не виновата. И на тех, кто её использует. И на себя, что шёл мимо. От злости ему сразу стало легче. Теперь он больше не жалел своих денег и не думал о них.

Чурбанов посидел ещё немного на оградке. Чтобы не чувствовать холода и наступающей боли, он купил в магазине водки, колбасы и пошёл через дворы и пустынные переулки на север, к Неве.

Начинался мелкий снег. Холодало. Мимо ржавых, старых заводских корпусов Чурбанов вышел на лёд Невы, заметённой по края сухим бледно-фиолетовым снегом. Солнце садилось за ржавыми остовами парковок, гаражей и дач, за бетонными корпусами роддома на Леснозаводской, за спирально-фиолетовой стекляшкой новой тридцатиэтажки, за кладбищем и железнодорожным мостом. Чурбанов брёл по льду к середине реки. Там текла чёрная вода. Днями лёд должен был треснуть, но пока стоял. Он сел на снег и стал пить водку и есть колбасу. Солнце быстро садилось. Холод становился всё сильнее, но боль стояла рядом, не подходила ближе. Чурбанов ел колбасу, пил водку, становилось темнее, текла серединка Невы, и его заметало сухим, острым, фиолетовым снегом. Начиналась ночь.

8. Знаки

Профессор, у которого Чуров взялся писать диплом, сказал им на одном из первых занятий последнего курса, что врач должен обладать наблюдательностью. Но это слово, подчёркивал профессор, нельзя понимать прямолинейно.

— Что такое наблюдательность, кто знает? — спрашивал профессор.

И получал ответы: наблюдательность — это внимательность, точнее, хорошее видение, ещё точнее — умение замечать детали и складывать их в общую картину, как пазл.

— Так-то оно так, да не так всё просто, — возразил им профессор. — Ведь у вас нет знания, какой именно пазл должен у вас сложиться. И поэтому иногда можно смотреть, смотреть, все глаза проглядеть и не заметить самого большого, главного и очевидного. Именно потому не заметить, что оно такое отъявленное, как будто само собой разумеется. Настоящая наблюдательность хорошего диагноста устроена поистине загадочно. Врач и не знает, что он ищет, — а всё-таки ищет. И сила, которая заставляет его искать, это не ви́дение, а слепота. Он шарит, как слепой под фонарём. Вы тоже узнаете, как это бывает, а пока просто запомните.

Чуров подумал тогда, что эти сведения мало что ненаучные, так ещё и не имеют практической ценности: когда это ещё будет, вероятно, весьма нескоро. Но очень скоро Чурову пришлось убедиться в правоте сказанного профессором. Убедиться на случае отъявленном и огромном по своей силе и по тому влиянию, которое имел он на Чурова.

Уже октябрь подходил к концу, и день тоже кончался. Дождь шумел в водосточных трубах. Капли барабанили по крыше, откосам и карнизам. Давно стемнело.

После маминой смерти Чуров не любил по вечерам сидеть в пустой комнате, маялся там. Особенно когда настала осень и вечера стали тёмные. Вот и в тот вечер Чуров, как он это часто делал, взял книжку по специальности, заварил себе на кухне громадную кружку слабенького чаю, намазал бутерброд — горбушку чёрного с маслом и солью — и тихо вышел на лестницу. Бутерброд в одной руке, чашка в другой, а кардиология под мышкой.

Чуров полюбил сидеть тут, на лестнице, у окна. Здесь устроился как бы его кабинет. Лампочка тускло светила. Чуть припекала батарея. Стены на лестнице были покрашены в цвет баклажанной икры, выше начиналась побелка, и казалось, что побелка — это небо, а краска — море. Чурову было здесь спокойно-спокойно.

Дверь квартиры этажом ниже приоткрылась, но из неё никто не вышел, а только кто-то выглянул. Между прочим, в той квартире дверь вообще никогда не закрывалась. На ней даже не было замка и скважины. Через щель всегда было видно, что внутри: коридор, застеленный грязным ковром, стены в клочьях обоев и голая лампочка. Сейчас из дверей выглядывала черноволосая юго-восточная девушка. Сначала Чуров подумал, что она, скорее всего, кого-то ждёт, но потом понял, что девушка смотрит на него.

— Здравствуйте, — сказала девушка неуверенным, каким-то шатким голосом.

— Здравствуйте, — сказал Чуров почти шёпотом, потому что на лестнице все звуки раздавались чересчур гулко.

— Простите... А вы же врач?

— Учусь, — Чуров прокашлялся и спустился к ней, оставив на подоконнике чай, книгу и недоеденную горбушку. — На последнем курсе. Могу чем-то помочь?

Девушка явно засомневалась.
— Тут моя сестра... — неуверенность усилилась и превратилась в страх. — Она у нас прячется. Мы скорую боимся вызывать. Чтоб не узнали, где она.

— Заболела?

— Не она, ребёнок её, — сказала девушка в тревоге. — Вы можете помочь?

— Посмотреть могу, — сказал Чуров. — Как вас зовут? (Девушка не ответила.) Меня Иван.

Девушка, по-прежнему сомневаясь, всё-таки пропустила Чурова внутрь. Пространство было устроено так же, как у них в коммуналке. Но если наверху люди старались жить, то здесь — едва

118

выживали. На ковре росла плесень, с потолка свисали махры, дранка. Даже краски на стенах не было совсем. Пол кое-где провалился. Вместо дверей в проёмах висели одеяла и куски ковров.

Они прошли в дальний конец коридора. Планировка коммуналки была в точности как у них, и точно такая же малюсенькая девятиметровая комнатка имелась и в чуровской квартире, крохотная тёмная комнатка с высоким узким окном в углу, окно в нишу, прямо на водосточную трубу. Раньше там жили две официантки, теперь комнатка стояла пустая. Здесь же, внизу, в каморке ютилось как минимум пятеро. По крайней мере, постелей было пять. Кроме постелей и куч одежды, в комнате почти ничего не помещалось. Только одна из соседок была дома, она сидела на подоконнике в тёплых шерстяных носках, сушила феном длинные тёмные волосы и смотрела телевизор.

Рядом со столиком, на матрасе, сидела темноволосая девушка с ребёнком на руках. Увидев Чурова, она вздрогнула и что-то сказала сестре.
— Вы никому не скажете, что она здесь, — сказала сестра.

— Никому, — Чуров замотал головой. — Как зовут?

Девушка положила ребёнка и встала. У неё были длинные тёмные волосы, нежное лицо, она двигалась нервно, суетливо.
— Байя, — сказала она.

— Это ребёнка? — уточнил Чуров.

— Ребёнка Вика. Она очень спокойная, — прошептала Байя. — А сегодня весь день плачет. Боюсь, вдруг в больницу заберут.

— Если и заберут, то только с вами.

— Меня не пустят, у меня ничего нет, документов нет, — прошептала Байя.

Чуров встал на коленки и наклонился над девочкой. Она спала на боку в обычной младенческой позе: ножки согнуты, ручки тоже согнуты и прижаты к телу, головка чуть запрокинута. Дыхание частое, ровное.
— Вроде всё спокойно. Но лихорадка. Температура какая? Сбивали? Чем?

— Таблетку дала, — прошептала Байя. — Всё равно высокая. Она не сосёт.

— М-м, — Чуров вгляделся, выпрямился. В комнате было спокойно, и ребёнок спокойно спал.

Гудел фен, бормотал телевизор, шелестел дождь во дворе. Лицо Байи в тусклом свете казалось красным, было как будто обведено по овалу. Она тревожно смотрела — то на Чурова, то на дочку.

— Не сосёт, это... да, неправильно, — пробормотал Чуров. — М-м... Надо будить и осматривать.

— Она всегда сосёт, — волновалась Байя. — Когда ушки болели, сосала. Когда живот болел, сосала. А сегодня не сосёт.

— Фонарик есть?
Байя посмотрела на сестру. Сестра мотнула головой.

— Лампу придётся поближе. А, верхний свет работает? И разбудить. Надо посмотреть. Послушать не смогу нормально, но хоть посмотрю. Раздевайте.

Водосточную трубу за окном стало не видно, а дождь заплескался как будто ещё громче внизу во дворе-колодце. Девочка судорожно потянулась и зажмурилась. Она не плакала, не кашляла. Чуров внимательно наблюдал. Байя взяла дочь на руки, и тут волны безотчётной тревоги накатили на Чурова: да, что-то не так. Но что? Он смотрел, как Байя пытается приложить девочку к груди, а та с кряхтением отворачивается, выгибаясь дугой и не открывая глаз.

— Вот так, не берёт грудь, и всё.

— Да, это не здорово, — Чуров пощупал памперс. — Писала? Может быть обезвоживание.

— Писала, памперс меняла я, — и Чуров снова почувствовал тревожный вопрос в её голосе и в глазах. Что-то крутилось, что-то мелькало сбоку, но что, Чуров не мог понять.

А может быть, это просто ему передалась неуверенность Байи. Он ведь пока неопытный, да и младенцев видел не так уж много; ну, сколько? Десятка полтора на практике, у друзей — двое... Чёрт возьми... А может, это просто тревога. Может, она просто хочет, чтобы он немного побыл рядом. Что вообще за жизнь у этой девушки? Умеет ли она читать? Почему она прячется, почему Чуров ни разу не видел ни её, ни ребёнка на лестнице? Может быть, её тревога — не о ребёнке, а о чём-то другом... Дыхание как дыхание, хрипов вроде нет, но что он там может услышать без стетоскопа. Температура, не сосёт, и больше ничего... Реальность подаёт знаки, но эти знаки смазанные, поди их ещё распознай, — а может, и нет никаких знаков, поди пойми.

Дождь на дворе полил гуще. Чуров развёл руками и посмотрел на девушек.
— М-м, — извиняющимся тоном проговорил он. — Не знаю... Ну, может быть, я не знаю... практики у меня не так уж много... и, в конце концов, вижу первый раз вашего ребёнка, и когда нехарактерное поведение, это может что-то значить... А может ничего и не значить... Ребёнок растёт, ну, и начинает как-то по-другому реагировать... на всё...

Чуров звучал совсем неубедительно и видел, что его слов сёстры не понимают. Но он и не стремился быть убедительным, он сам ни в чём не был уверен и как правильно поступить — не знал. Они стояли и тревожно смотрели друг на друга, пауза тянулась, Чуров понимал, что пора, наверное, уже уходить, но не мог.

И вдруг то, о чём говорил профессор, обрушилось на него, как дождь, который отвесно лупил в асфальт двора и громыхал в жесть крыш и водосточных труб. Девочка лежала зажмурившись, чуть запрокинув голову, подтянув коленки к животику. Знаки. Они есть. Но он их не видит. Он должен их найти, выследить — и ухватить. Это было похоже на слепое пятно, которое остаётся, когда долго смотришь на свет. Или на точки по краям поля зрения, которые исчезают, как только переводишь на них взгляд. Мучительно: свет лампы, даже приглушённый, слепил его, как будто лампа светила чем-то чёрным и замазывала ему глаза.

Памперс.

— Погодите, я одну вещь тут ещё забыл посмотреть, — пролепетал Чуров, быстро садясь на корточки перед диваном, расстёгивая тёплые липучки.

В полутьме, при свете затенённой лампы, на пухлой младенческой попе Чуров с содроганием увидел две звёздчатые кляксы, вроде расчёсанных комариных укусов, одну крупную, почти фиолетовую, другую поменьше, тёмно-красную. Он прижал пальцем. Сыпь не побледнела.
— Памперс меняли, это было? — в горле у Чурова мгновенно пересохло. — Байя, скорую, очень быстро, телефон мне дайте.

* * *

Скорая приехала через десять минут и действовала чётко. Оттеснив Чурова к стене, врачи сделали несколько уколов, выволокли ребёнка под ливень, загрузили вместе с матерью в машину, поставили капельницу и увезли в НИИ детских инфекций. Врач в спешке принял Чурова за отца девочки.

— Молодец папа, — сказал он, пока они бежали по лестнице. — Менингококк, плохая штука. Но должна выжить. В самое лучшее место везём сразу. Там статистика хорошая даже с этой дрянью. К тому же. Учтите. Девка ваша в сознании — раз. Начало не бурное, с утра болеет — два. Должны успеть.

Чуров и Байя остались вдвоём под дверью реанимации. Место было совершенно не приспособленное для ожидания: просто часть коридора без окна, тупичок с бетонным полом и лавкой из пяти металлических белых сидений со спинками. Чуров подумал о том, что именно здесь многие узнавали о смерти своего ребёнка или о том, что есть улучшение и он будет жить.

Они просидели так до утра. Байя сидела не шелохнувшись, с открытыми глазами. Чурову тоже спать не хотелось. Его потряхивало. Он всё ещё не мог избавиться от обретённой наблюдательности: реального зрения, видения подробностей и целого, которое воплотилось в жизнь помимо его воли, включилось само и теперь не могло выключиться. Об этом профессор забыл предупредить. А так как наблюдать здесь, в тишине бетонного коридорчика, было нечего, кроме Байи, то на неё Чуров и смотрел всю ночь.

Утром, в половину девятого, им сказали, что состояние удалось стабилизировать. Чуров спросил, может ли мать быть с ней или хотя бы навещать, но Байе отказали, так как у неё не было документов.

— Документы нужно оформить, — сказала врач. — В роддоме она наверняка со слов записана. Вы ей кто?

Чуров смешался.
— Мы можем помочь, всё подробно распишем. Скажите ей.

Байя его не слушала. Она монотонно сказала, глядя вперёд, в пространство:
— У меня отберут её.

— Подождите здесь, недолго, — попросил Чуров, — я сейчас вернусь. Куплю нам поесть и приду.

Сегодня у него были лекции, а институт — совсем рядом, в двух шагах. Чуров никогда ничего не пропускал, но сейчас у него и мыслей о лекциях не было. Он прикидывал, где ближайший супермаркет, что он купит для себя и для Байи, что будет делать дальше.

Чуров вышел в дождливый, ветреный и тёмный двор, где голые тополя скребли ветками небо и окна больничных корпусов светились все до единого, но не пошёл к воротам, а встал у облупившейся стены хозблока, за ржавой машиной со сдутыми шинами. Голова у Чурова кружилась, его тошнило от голода, бессонной ночи и от чувств. Ему всё время казалось, что он как будто идёт от Байи к Байе, одной говорит «до свидания», а другой «привет», но и ноги не идут, и в глазах темнеет. Воздух зацветал и выцветал с каждым ударом сердца Чурова.

Прошло не больше десяти минут, и он увидел Байю. Она сбежала по ступенькам, запахнула плащик и рванула через двор быстрым шагом, едва не сбиваясь на бег.

Чуров выждал и последовал за ней, сохраняя дистанцию. Терять Байю из вида было нельзя.

Она дошла до конца забора, повернула направо, потом снова направо. Чуров спешил за ней. Шагов за сто до проспекта Медиков, у Института гриппа, Байя замедлила шаг. Чуров нагнал её в четыре прыжка, пошёл рядом. Хватать её за руку, трогать, держать было ни в коем случае нельзя. Только словами, а то будешь как все прочие.

— Секунду, — сказал Чуров. — Послушай. Хочешь — уходи, но сначала напиши на Вику отказ в мою пользу. Так можно. Я оформлю документы. Это называется предварительная опека. Сосед может, друг, кто угодно. Потом могу постоянную. Или как захочешь. Если не напишешь ничего, её отправят после больницы в дом ребёнка. Я всё равно заберу, но это долго. А там очень плохо. Она одна там лежать будет. Два памперса в день. На руки редко берут, нянечек не хватает. А потом удочерят, отдадут, ты и не узнаешь — куда. Давай сразу на меня опеку, это лучше. Хоть приходить сможешь. Если захочешь. А нет, так хоть будешь знать, где она. Просто сделай это, как я тебя прошу, и я отстану от тебя.

Чуров говорил так, а сам чувствовал, что его слёзы очень близко. Байя плакать и не думала: стояла как мёртвая, моргая глазами, запрокинув широкое бледное лицо.

* * *

Нет, он не стал видеть всё или видеть насквозь, но теперь он видел, *чего именно* он не видит. И в этом не было никакого волшебства — наоборот, Чуров получил доступ к настоящей реальности. Все выколотые точки, все слепые пятна, которых он раньше не замечал, обуглились по краям и смотрелись выжженными дырками в поле зрения. Всё вокруг зудело и мерцало, всё взывало к его интуиции. Чурову казалось, что весь мир стал одним большим пазлом, гигантским диагнозом, утраченные детали которого мозг стремился дорисовать.

Потом напряжённость переживания ослабла, но память о нём осталась. Чурову как будто и правда прожгло дырку в нужном месте. В критические моменты наблюдательность проявлялась снова. С годами Чуров научился включать её сам по желанию, настраивать, она уже не так владела им, как он — ею.

Через полтора года их знакомства Байя полюбила Чурова и захотела жить с ним вместе. Вика стала их общей дочкой. Байя никогда не вернулась туда, откуда сбежала к сестре. И часто, глядя на то, как Вика едет на велике, на её штаны с карманами, Чуров припоминал тот вечер и как будто опять не мог себе поверить.

9. Слепое пятно

Однажды Аги поняла, что её правый глаз окончательно перестал видеть. У него давно были большие проблемы, и вот наконец он внезапно выключился и больше не включился. Вчера ещё были видны контуры предметов, а сегодня Аги прикрывала ладошкой левый глаз, пыталась смотреть правым на солнце, — и не видела даже света. Она не могла привыкнуть. Казалось, всё стало плоским.

Примерно в те дни её навестил бывший однокурсник Чурбанов. Когда-то они жили вместе, теперь дружили. В разговоре с ним Аги описала свои ощущения так:

— Похоже, как будто я что-то очень важное пропускаю. Самое главное. Как будто было поле зрения, а там теперь ничего нет. Как будто чешется. Не глаз чешется, а вот тот кусочек справа, которого нет. Иногда, например, как будто там движется что-то или мелькает... ну, я знаю, что не могу это увидеть, а мозг ищет какие-то значки, за что ухватиться, — а не за что, там пусто. И мне всё время кажется, как будто я всё время что-то пропускаю, как будто вырезали кусок интуиции, я не могу больше «предвидеть».

— Интуиции? — переспросил Чурбанов.

— Может, это потому, что объёмное зрение нужно. Я теперь не могу по намёкам догадываться, мне теперь надо видеть только точно. Как будто мозг отказывается додумывать, не подсказывает мне ничего. Я чувствую себя тупой. Чувствую, что отупела. Всё такое плоское. Как будто ничего нет, кроме поверхности. Вот это очень сложно, к этому очень сложно привыкнуть.

Чурбанов плотно зажмурил один глаз.
— Ну да, — сказал он задумчиво. — Трудно, ещё бы.

(Глядя на его щетину, Аги подумала, что Чурбанов с одним глазом выглядит как пират, и вспомнила почему-то картины из соломы, которые создавала подруга её бабушки. Она обладала только периферическим зрением, а «главное» ей не давали видеть плотные центральные скотомы. Чтобы хоть что-то рассмотреть, бабушкина подруга дёргала шеей и вращала головой как только могла. И вот эта-то слепая бабушка в свободное время создавала картины из соломы. Котика с усиками, и церковь с колокольней, и — вот почему Аги всё это вспомнила — пиратский корабль в бурю, а на небе луна в тучах, похожая на разбитое яйцо.)

Чурбанов разлепил глаз и потёр оба пальцами.
— Интересно, а ведь наверняка бывают совсем слепые художники, — сказала Аги. — Или почти слепые. Вот как они видят?

— Как видят? — встрепенулся Чурбанов. — А? Кто?

— Слепые художники.

— Слепые художники? Ну... ну... А хочешь, я тебя с таким познакомлю? — внезапно спросил он. — По фамилии... Хотя... не с ним самим, а то он уже умер, — так с его женой. Он был совсем слепой, а она наполовину. Хочешь?

— Конечно хочу! — сказала Аги.

— Договорюсь с ней, — без раздумий предложил Чурбанов.

* * *

Той весной денег у Чурбанова не было, он жил в долг. И долг этот был большим. Нельзя сказать, чтобы это совсем не парило Чурбанова. Но очень унылым его всё-таки нельзя было назвать. Жил он тогда в малюсенькой квартирке в ветхой двенадцатиэтажке среди грязей Юго-Запада. Под окном его расстилался пустынный двор до самого горизонта. Взлетали маленькие белые самолёты, медленно поднимаясь над толщей земной поверхности. Справа виднелась стена соседнего дома, высокая и в облезлых пятнах. Когда пришёл март, на стену повесили щит: «Милые женщины! Поздравляем с весной и дарим вам 100 МИЛлиОНОВ ТЮЛЬПАНОВ» (из больших букв складывались фамилии муниципальных депутатов).

Изредка Чурбанов бомбил своих многочисленных знакомых в поисках работы. По правде говоря, работать Чурбанову совсем не хотелось. Но когда в голове каша, то в бизнесе каши не сваришь — для этого нужен драйв, нужна жизнь, а никакого драйва не было той весной у прибалдевшего Чурбанова. Он выходил во двор, крутился какое-то время на ржавой карусели среди грязи и курил.

— На детской площадке курить нельзя, — сделал ему замечание немолодой сосед, проползший мимо с двумя лыжными палками в руках.

Чурбанов отошёл подальше, к двум берёзкам, вытянул мобильник и позвонил очередному приятелю.

— Привет, Макар. Да. Да... там... Угу, — Чурбанов принялся ходить между берёзок, наклонив голову набок и зажав мобильник между плечом и ухом, а ладонями рассеянно отталкиваясь от стволов. — Да нет, ну, не до такой степени... Я хотел спросить: если были бы проекты, типа такого, как мы... А. Нет, да? Если будет у кого-нибудь, где-нибудь, как-нибудь — дай знать. С руками оторву. Да пиздец вообще, — сказал Чурбанов, повернувшись затылком к (пустой) ржавой карусели. — Пиз-дец, — произнёс Чурбанов ещё раз, уставившись в пустоватое белесоватое небо, облупившееся белым облачком. — Н-да. Ну штош. Ну да. Ладно. Понял я. Досвидос. Рад буду тебя как-нибудь видеть. В независимости... вне зависимости от. Ага. Пака-пака, — Чурбанов сунул трубку в карман, ещё какое-то время задумчиво потолкался с берёзками и отправился купить пожрать чего-нибудь подешевле.

Работы ему не давали. Все знали, что работник из Чурбанова никакой. За осень и зиму Чурбанов перепробовал многое. Картинка нумеро уно: в пять тридцать утра Чурбанов загружается в автобус, который везёт рабочих на дружное и коммерчески успешное предприятие по производству финских покрышек. Предприятие находится в густом лесу. Там горячительно пахнет резиной, всё окрашено в бодрые жёлтые цвета фирмы. Чурбанова пытались взять в какой-то там отдел... что-то там от чего-то там отделять. Чурбанов как вышел покурить, так всё на этом и закончилось.

Нумер два картинка: приятель, с которым вместе начинали про всякие звуковые системы в автомобилях, ещё на «Юноне» когда всё это, на коленке когда. Чурбанов ему систему продаж тогда создал с нуля, и всё пошло-поехало, а Чурбанову скучно стало, и он вышел очень быстро. Ну а тот с тех пор поднялся — сеть уже, три магазина по городу, всё такое. Ну и типа — а давай обратно! Да мы с тобой же... но у него теперь там... правила, эти... э-э... компетенции... Этот делает одно, тот другое... — а, вот, да — функционал. Точняк, функционал... Сначала было весело — с парашютом вместе прыгнули, ну а потом... что-то там Чурбанов не помнит, но что-то там такое опять не вышло... Чурбанов с огромным облегчением вышел из его офиса, отряхнул руки так — хлоп-хлоп-хлоп! — завернул в первую же столовку и навернул горячих щей с рюмахой. А потом ходил по городу и смотрел, как снег с крыш сбрасывают. Весело!

М-да...
А ведь как всё начиналось? С чего всё так просело? Чурбанов вспоминал как-то нехотя, сквозь туман. Что-то там такое полыхало. Вроде бы зачем-то арендовал пол-этажа в торговом центре. Вроде пытался схему сделать совместную с городом — не вышло. А чего хотел? Ну, чего-то там хотел. С чуваком из Законодательного собрания его даже познакомили... Только не умеет Чурбанов водить дружбу с этой средой.

А что он вообще умеет, Чурбанов?

Продавать?
Ну, по идее... скажем, да. Продавать умеет. Хотя иногда и не умеет. Умения Чурбанова компенсировались его неумением подстраиваться под структуру и фактуру. Иногда как что-нибудь получится! — а иногда бац, хлоп, и провалится. И вот когда оно провалилось три, четыре, пять раз подряд, Чурбанов и оказался там, где он оказался.

Думать Чурбанов не думал: стоит задуматься, и провалишься ещё глубже. Поэтому Чурбанов лишь неопределённо, беспредметно и не слишком тяжко вздыхал, пожимал плечами, рассеянно пихал берёзы, крутился на железной карусели, что-то пил, курил как паровоз, потирал уши, позванивал друзьям и без особой надежды пробовал — не получится ли вдруг что-нибудь случайно.

Так вот, Чурбанов пошёл купить себе что-нибудь дешёвое и вдруг решил зайти туда, куда никогда не заходил, — в магазин «Баклажан».

Этот странный магазин находился в подвале девятиэтажки на другом конце двора (а двор тот был обширнейший). Вела туда лесенка с железными перилами, когда-то красными. Краска ещё осталась на перилах пятнами, и казалось, что перила обрызганы кровью. Земля возле «Баклажана» уже подсохла. Чурбанов протопал ступеньками, рванул на себя дверь и вошёл.

В «Баклажане» стоял полумрак. Пройти можно было от входа прямо, налево или направо. Прямо виднелись удочки, водопроводные краны и шурупы. Слева мерцали банки с соком, полузасохшие шоколадные батончики и скудная овощь в деревянных ящиках. Справа, за занавеской, стоял один-единственный столик, а над ним — стойка. Вероятно, имелось в виду кафе или рюмочная.

Чурбанов прошёл в отдел, который можно было бы назвать продуктовым. За прилавком он никого не увидел. На потолке вяло помаргивала лампа дневного света. Пахло бетоном и сыростью.

— Есть кто? — крикнул Чурбанов.

На зов к нему вышел из-за занавески немолодой человек с густой седой шевелюрой, интеллигентской бородкой и светлыми-светлыми глазами, один из которых давно ослеп. Он пригляделся к Чурбанову и меланхолично заметил:

— Купить что-то хотите!

— Да, — сказал Чурбанов, — баклажаны есть?

— Вот, — хозяин указал Чурбанову на баклажан, который одиноко валялся в ящике. Баклажан был сморщенный, маленький и заветренный. Такой баклажан можно было взять только с приплатой.

— Ладно, — сказал Чурбанов. — Дайте кило картошки и пачку сосисок.

Хозяин сделал сложное лицо.

— Сосисок брать я вам, скажем... не советую. Картошка сейчас вся очень плохая. Помёрзла. На вид ничего, — он взял одну картофелину из ящика, — а если ее разрезать, сами увидите, сплошная гниль! Возьмите-ка лучше банку хреновины и тушёнку. Очень хорошая тушёнка, это вам будет в самый раз.

— Да? — пытливо переспросил Чурбанов, заглядывая хозяину в лицо, слегка поражаясь и доверяя. — Хорошая тушёнка, да? Ну, тогда давайте тушёнку и это вот остальное, что вы сказали.

— Ну и, конечно, само собой?.. — сказал хозяин.

— Само собой, — пожал плечами Чурбанов.

Тушёнку и хреновину Чурбанов открыл прямо в магазине, домой не пошёл. Здесь же, за занавеской, они с хозяином, которого звали Сергей Егорыч, выпили и разговорились о различных проблемах жизни. Сергей Егорыч был интеллигентным человеком и выражался немного витиевато. Чурбанову стало свободно, расхотелось суетиться, вращаться на карусели и пинать берёзки. Он откинулся на спинку ветхого стула, из которой лезла вата, и вздохнул с облегчением, как будто пришёл домой, хотя дома у Чурбанова никогда в жизни, по сути, не было. Он и на свет появился немного суетливо — его принесли домой и вроде как забыли под телевизором, а сами все перепились, как-то так всё было.

— Мне нужен че-ловек, — втолковывал Сергей Егорыч Чурбанову, — ко-торый бы по-ни-мал специфику моей целевой аудитории.

— Это как раз я и есть, — самоуверенно ответ-ствовал Чурбанов. — Я любую целевую аудито-рию отлично понимаю.

— Это просто пре-вос-ходно, — кивал Сергей Егорович. — Но вы же сами понимаете, что до-ходы у меня здесь крайне... невелики.

— Да мне насрать, — величественно передёрги-вал плечами Чурбанов. — Я просто ради того, что... вижу вас здесь... с вашими баночками сока. А кстати! Я ещё не видел ваш рыболовно-строи-тельный отдел. Не могли бы вы мне его пока-зать?

Сергей Егорович сделал жест, из которого Чур-банов понял, что он попал в точку и теперь — вот теперь! — Сергей Егорович действительно видит, что перед ним тот самый человек, кото-рый ему нужен.
— Мой рыболовно-строительный отдел, — с удо-вольствием повторил Сергей Егорович, кото-рому, видно, очень понравилось, как Чурбанов это назвал, — состоит из множества предметов, которые, как кажется, имеют низкую оборачи-

ваемость. Вот рядом у нас Максидом, так? Но кто туда пойдёт? Туда пойдут люди, которые знают, чего они хотят. А к нам идёт человек, который не знает, чего он хочет. Голубчик мой. Я тут три недели лежал в больнице. И мне постоянно поступали звонки. Мне просто постоянно заказывали... Мне пришлось Динаре ключ дать, чтобы Динара продавала.

Чурбанов кивал. Он не понимал хорошенько, что говорит Сергей Егорович, но чувствовал, что слышит сейчас нечто очень важное для себя, что-то такое, что дополнит его, завершит его рост, даст ему некое неопределимое, но необходимое качество.

— Ты должен читать в сердцах, — провозгласил Сергей Егорович, тронув пальцем затрёпанную коробку с шуруповёртом.

— А? — Чурбанов не понял.

— Наша целевая аудитория сама не знает, чего хочет. Они входят вот как ты вошёл: то ли прямо, то ли направо, то ли налево. И покупают они, как я тебе продал, — Сергей Егорович стал вплотную к Чурбанову, приложил лапу к сердцу и посмотрел на него своим разумным, осмысленным лицом, которое только из-за неподвижного глаза казалось немного сумасшедшим. —

И это всё так. Там, в Максидоме, они не получают счастья. Здесь они получают счастье. Надо читать в сердцах.

— Читать в сердцах, — кивал Чурбанов. — Вы в моём сердце точняк всё прочли, хреновина с тушёнкой, это было именно самое то, что мне надо, прямо в сердце, точняк.

— А приценивался ты к баклажану! Хотел купить баклажан! — восклицал Сергей Егорович. — Я здесь всё люблю, — он обвёл коробки рукой. — Рыбалку я, что ли, не люблю? Удочки не люблю? Баклажаны я, что ли, не люблю? Да я даже самую маленькую картофелину, вот знаешь, такую зелёную, которая из-под земли вылупилась наполовину и её солнце сделало зелёной, она полуядовитая, и потом ещё зимой её морозом жахнуло, и она сгнила на вторую половину, — вот, кажется, эта-то уж картошка, кому она нужна и кому она пригодится, — а я её люблю и верю в неё!

У Чурбанова зазвонил телефон в кармане. Он выключил не глядя.

— Ну и что, что ко мне никто не ходит! — продолжал Сергей Егорович. — Если все будут приходить, они же всё очень быстро раскупят, весь товар. А продавать надо так, чтобы скучать по всему, когда это покупают. У меня бизнес-наоборот. Люди стремятся продать побыстрее, а я...

Телефон зазвонил снова. Чурбанов вытянул его из кармана.

— Сергей, я счас, — Чурбанов выскочил наружу и сразу аж зажмурился, заслонился рукой от сильнейшего солнца, которое шпарило прямо в глаза с невероятной силой, и от ветра, который бросал в лицо горстями пыль пополам с солью, которой зимой посыпали снег, а теперь она проела сугробы и носилась по всем тротуарам и пустырям.

— Алё! — Чурбанов притиснул телефон к уху.

— Чурбан, привет! Тебе работа нужна?

— Да-да! — бодренько выкрикнул Чурбанов. — Буду рад! А что за работка-то?

— Как всегда, круто бизнес развивать! У нас идея возникла, совершенно неважно про что! Главное, нужен твой оптимизм, ты сам там разработаешь... а про что — неважно! Есть большое помещение с видом на море, которое нам досталось практически даром, надо туда хайпа нагнать, ну, кто угодно, йоги, конференции, дегустации, что угодно, главное — вид на море, вот это наша главная фишка, — сыпал словами чувак на том конце. — Мы тут всю голову без тебя сломали, мы точно знаем, ты придёшь и сразу, блин, ввинтишься и всё придумаешь, с тобой всё у нас продается, а без тебя ничего!

— А-а, — крикнул Чурбанов сквозь свист ветра, промаргиваясь от пыли и солнца. — Ну, я, типа, я понял! Надо продать вид на море и большое помещение... типа заводское, что ли? — он завернул за угол, в тень, и остановился. — Это в тех складах, которые там на Васе, что ли, или на Канонерке?

— Ну да, на Васе, типа того!

— Окей, я понял примерно, могу встретиться, когда будем встречаться?

— Да когда хочешь, можем хоть прямо сейчас!

— Хорошая идея, давай прямо сейчас! — Я сейчас на Юго-Западе, а ты где?

— А я сейчас, я... мы сейчас прямо там, мы на месте, мы только вышли ненадолго пообедать, но мы уже обратно, пока ты приедешь, мы как раз уже... это знаешь где? Это вот рядом с гостиницей «Прибалтийская», если налево повернуть, там раньше были большие железные ворота, а теперь их снесли как раз, и вот там у нас как раз и есть наше место, ты там иди по красной полосе такой на асфальте, и сразу... найдёшь нас там, на второй этаж поднимайся, там типа терраски такой, и внутри... окна огромные, ну, ты увидишь, мы там уже будем.

— Ну, давай! Встретимся!

— Давай! Ждём!

Чурбанов сунул телефон в карман, зажмурился, поморгал. Мир выглядел, как будто резко сменили фильтры: яркость, контраст, чёткость. На ржавой карусели сидели два подростка, а третий, разбрызгивая грязь, лихо раскручивал их на максимально возможной скорости. Карусель визжала, подростки гоготали, с одного из них слетела шапка.

— Круто, — сказал Чурбанов.

Он завернул обратно за угол, снова протопал по ступенькам вниз и дёрнул на себя дверь. Потом ещё раз. И снова дёрнул. Дверь не поддавалась. Куда делся этот дон Хуан с его баклажанами и ядовитой зелёной картошкой? Закрыл свою лавочку, что ли, от греха подальше, чтобы Чурбанов опять ничего не купил? А он-то как раз нацелился на трёхлитровую банку берёзового сока под жестяной крышкой, или на китайский шуруповёрт, стреляющий блёснами, в продавленной картонной коробке. Он готов был читать в сердцах. Чурбанов поднял голову, чтобы прочесть вывеску ещё раз, но никакой вывески не было.

— Чего вы все в подвал ломитесь, чего вам там, мёдом, что ли, намазано, — сделал ему замечание всё тот же сосед, шаркая мимо по пыли с лыжными палками.

— Котика ищу, — соврал Чурбанов.

— Дом в ТСЖ, — сосед воздел лыжную палку к двенадцатым этажам, — ключ у управдома! Без управдома никто туда не попадёт, никакой ни котик, ничего!

— А-а, — сказал Чурбанов, вынул телефон и, на ходу набирая номер такси, направился к проспекту маршала Жукова.

* * *

Аги позвонила. Дверь открыли почти сразу. Внутри было огромное, сырое и тёмное пространство, похожее на гигантский ящик. Оттуда дул ветер.

— Наша мастерская, — сказала хозяйка.

Она была похожа на матрёшку: невысокая, плотная, с нежным круглым лицом, в ярко-алой юбке и лифе с шафрановыми цветами, на плечах вязаная кофта. Аги не могла бы назвать её возраста: могло быть и меньше пятидесяти, и больше шестидесяти. Глаза художницы казались щёлочками за толстыми очками.

Аги вошла за ней в мастерскую. Всё здесь было из черного железа. Светили снизу вверх прожектора. Четыре этажа глубины, рассечённой массивными железными балками. Лестницы и галереи по стенам. К балкам подвешены на цепях картины — огромные плоскости, вкривь и вкось замазанные серым, алым, багровым, вишнёвым.

Художница вынула из кармана пульт и стала включать разные подсветки. Аги увидела, как по-разному падают тени, как из стен вылезают мощные железные штыри, проецируются линиями на плоскости. Картины и свет можно было поворачивать: появлялись треугольники, конусы. Свет то подчёркивал алый, то топил его в черноте, то заставлял сверкать.

Аги крутила головой. Это было искусство, которое делало объём плоским.

— Теперь потрогай, — предложила художница, взяла Аги за руку и провела по стене. Аги почувствовала шероховатые острые капли.

— Мы с мужем всегда рисовали вдвоём, — сказала художница. — Он — по-другому, чем я. Ведь он-то слепым был, а я хоть что-то вижу. Мой муж, он подростком ослеп. Взрывали, послевоенное поколение. Так и лишился глаз. А я болела с рождения, мне потом и операции делали, иначе совсем слепая была бы. Встретились, когда оба уже художниками стали, и общий проект придумали сразу. Мы придумали театр глубиной восемьдесят километров, несколько сёл, и всё, что в нём происходило, мы документировали: от погоды до эпических каких-то вещей — там, смерти, рождения, выборы. Это было не очень просто. Документировать старались любую мелочь. Все жители деревень стали нашими союзниками. Это был восемьдесят девятый год, времена не очень простые. Мы на свой страх и риск раздали фотоаппараты всем желающим.

— А как назывался ваш проект?

— «Глубины глубинки». Первый акт был июнь, второй акт был июль, третий акт август. Там было несколько любовных драм, одно убийство даже, которое оказалось потом, к счастью, не убийством, а просто люди ради искусства решили договориться, что один другого как будто убил, и документировали это. Но всё серьёзно — милиция, акт, протокол. Пока разобрались, там чуть не сел человек, всерьёз. Всё это не на шутку, такие вещи делать ради искусства. Ещё история про злоупотребления полномочиями, про экологию, речку, которую нужно было очистить, и местный активист решил воспользоваться нами, чтобы достучаться до властей... В общем, каждый хотел, чтобы его история стала главной, каждый стремился вылези в центр и как-то заявить о себе.

— Удивительно, — сказала Аги. — Но я во что-то такое, знаете, всегда верила. Мне кажется, что людям на самом деле хочется этого.

— Да, конечно. Конечно же, хочется. Мы выводили просто это желание на поверхность, чтобы даже слепой мог ощутить. Говорят же — «поверхностный», но если только поверхность тебе и остаётся, тогда на ней должно быть всё-

всё. У меня есть ощущение, что мы, наш народ, наши люди — в Бога верим так, что мы и верим, и не верим. Как будто бы Бог и есть, но Он нас не видит, мы и на виду, как на блюдечке, и спрятались. Как будто в слепом пятне мы. И Бог на нас в упор смотрит, но не видит, так нам это кажется. И от этого многие наши беды. А на самом деле это мы, мы сами не можем видеть Его, это Он в нашем слепом пятне. Вот вокруг всё видим — как будто взорванный купол церкви, — по периферии всё есть, ангелы, архангелы, а самое главное выжжено.

* * *

Аги всё поняла, но на всякий случай решила погуглить. Она пыталась найти полную историю про те сёла, про восемьдесят километров театра, где народ жил и осознавал себя в картине. Она набирала и «глубины глубинки», и фамилию художников. Но гугл ничего ей не дал — никаких результтатов. Вообще ни следа. Ни деревни, ни самой художницы, ни её мужа. Аги вертела головой как только могла, но вместо имени художницы, её картин зияло и расползалось сплошное слепое пятно. Такое яркое, как будто Аги смотрела своим единственным глазом на солнце, тоже, кстати, единственное.

Аги набрала Чурбанова.

— Чурбан, как тебе не стыдно-то.

— Ну, я подумал — вдруг поможет? — осторожно сказал Чурбанов на той стороне. — Эта актриса на самом деле почти слепая...

— Мудак, — Аги убрала телефон.

Глаз не прозрел, и второй не стал видеть сразу как два. Но шли месяцы, и мозг Аги окончательно поверил в произошедшее, перестал надеяться и начал выполнять свою работу. А наше зрение — его на три четверти делает мозг. На три четверти, а не наполовину.

10. Сердце нормально

На Новый год ни у кого не возникало вопросов о дежурстве. Всем давно было известно, что на Новый год дежурить будет всегда Иван Александрович Чуров. Это было известно ещё до ремонта. А ремонт дошёл до отделения кардиоревматологии той весной, когда все спорили, Крым наш или не наш. Поэтому тем, кто был за наш, спорить стало сразу очень легко.

— Ну вот же, ремонт же делают, — возражали они на всё. — Ремонт же! Его же не делали раньше? Значит, и Крым тоже наш.

Такой аргумент почти ничем было не перешибить. Поэтому теперь только врачи-курильщики на отделении считали, что не наш. До ремонта курильщикам было проще: они могли кидать окурки в дырку между обрешёткой и бетоном (стена между первым и вторым этажом распадалась на слои). Теперь дыру заделали, и курильщики стали за не наш. А некурящие — за наш.

Чуров был некурящий. Ему нравился ремонт. Пахло побелкой, краской. Рабочие волокли туда-сюда шланги и везде кто-нибудь что-то сверлил. Что же касается Крыма, то Чуров там никогда не бывал и чей он — мнения не имел.

Одно было точно известно — что Чуров будет дежурить на Новый год. Хоть он и женат, и дочка у него, но все знали про Чурова, что на Новый год он дежурит. И так оно и шло.

* * *

И вот Новый год приблизился, и Чуров, как всегда, в эту ночь дежурил. Перевели из гастроэнтерологии восьмилетнего школьника Мишу: боли в животе, рвёт на уроках физкультуры, придумали хронический гастрит, а всего-то навсего надо было осмотреть повнимательнее: оказалось, что и отёки есть, и одышка, даже уже и в покое, а кашель с мокротой без всяких вирусов? — налицо сердечная недостаточность, левожелудочковая, почему — пока неизвестно, надо обследовать. Потом отдельное разбирательство по той самой Ане *такое очень редко по-*

падается там с самого начала было всё непросто, подозревали феохромоцитому, после обследования оказалась ещё более редкая гадость — артрит с вовлечением аорты и почечных артерий. Хирурги сделали пластику аорты, выписали — а через три недели боли в сердце, снова к ним, очень быстро инфаркт миокарда, и не спасли. Оказалось, из-за поражения коронарных артерий. (Теперь, после ремонта, всякое «не спасли» могло обернуться для врача уголовным сроком и изгнанием из профессии, но здесь всё было печальнее и яснее некуда.)

Да, видеть приходилось всякое. Правда, малыши, которых готовили к операции, лежали в другом блоке. Сюда, к Чурову, не привозили ни чёрно-синих младенцев с тетрадой Фалло, ни их то выносливых, то прозрачных от дрожи мам, ни отказников с длинными костлявыми пальчиками, которым надо было пережить критический возраст 1–2 года, и они жили в больнице совсем одни. Зато собрались тут у Чурова эндокардит, и волчанка, и ювенильный ревматоидный артрит, аллергосептическая форма, и всё это — жуть кошмарная, не дай Бог.

Чуров не раз ловил себя на том, что, приходя осматривать детей на другие отделения, поневоле обращал внимание на «своих» — характерных мякеньких лимфатиков, аллергиков с гипермобильностью суставов — и смотрел на них внимательнее, чем на прочих, которые казались ему поздоровее, хотя он и понимал, что это необязательно. Осмотрев и «своей» патологии не найдя, Чуров облегчённо вздыхал и говорил родителю что-нибудь вроде:

— Отличная девчонка! Но уж очень она у вас диспластичная. Осторожней с ней! Лучше всего — плавание! Прививки все по возрасту сделаны?

И ещё раз, для верности, выслушивал, непременно добавляя, скорее для себя:

— В сердце небольшой шум, но чисто функциональный. Лишняя хордочка стучит. Ничего страшного.

Совсем другие пациенты ждали его на отделении.

Корзинкина, четырнадцать лет. Пришли анализы. Обострение купировали, никаких данных за воспаление, а температура держалась и держалась уже третью неделю. Чуров никак не мог понять, что такое.

— Вчера вечером даже тридцать девять и две была, — пробасила Корзинкина.

— А чувствуешь себя как?

Корзинкина выглядела впечатляюще. Из неё бы получился годный всадник-назгул. Половину черепа Корзинкина брила, на другой красила волосы в зелёный. От Корзинкиной было ощущение ленивой, сдержанной мощи. Такая врежет — мало не покажется. Но только если будет повод и причина.

Корзинкина равнодушно пожала плечами.
— Да нормально. Ну, температура.

— М-м, — озабоченно сказал Чуров. — Ну, держись. Будем опять всё проверять. Надо выяснить, почему ты не выздоравливаешь. Хотя должна бы. Тебе тут надоело, наверное, до чёртиков?

— Ну... есть немножко, — призналась Корзинкина с улыбкой, как вынужденный гость, который не хочет огорчать хозяев.

Чуров вздохнул и пошёл дальше. Тут надо бдеть, у этих девиц осложнения бывают внезапные и крайне скверные.

Артём, шестнадцать лет. Три месяца уже у них подвисает. Переполоху было, долго все тут крестились: у парня на фоне волчанки вдруг заболело сердце, а в поликлинике стали лечить остеохондроз, даже ЭКГ умняши не догадались снять. Только через два дня заподозрили неладное, а там уже хроническое воспаление в венечных сосудах, тромбоз и инфаркт. Хорошо всё кончилось, ещё недельку на всякий случай, и можно выписывать.

Фёдор — хроническая боль Чурова. Прогноз у Фёдора был плохой — тяжёлая инвалидность, хотя на иммунодепрессивную терапию оставалась надежда. И никому этот Фёдор был не нужен — ни родителям, ни врачам. То у бабки-алкоголички зависал, то в детдоме кантовался, то у них.

— Иван Саныч, давайте в шашки сыграем! — захрипел Фёдор, как только Чуров вошёл.

— Зайка, некогда мне, — попытался отбояриться Чуров. — Я только посмотреть на тебя и сразу пойду... ну ладно. Давай сыграем.

В своих скитаниях Федя оставался ярким приспособленцем, бойцом и выживальщиком. Чуров его любил, хоть и знал, что с ним надо ухо востро.

— Постой, — захрипел Фёдор. — Давай я чёрными. Я люблю за злых. Я злой.

— *М-м!* — с уважением покачал головой Чуров, внимательно вглядываясь в Федю. Вроде цианоз стал поменьше — губы не такие красные, а носогубный треугольник не такой синий. — Лежать стало легче?

— Сегодня уже почти совсем лёжа спал, — кивнул Федя. — Раз, два, — Фёдор залихватски слопал две шашки Чурова, стоявшие в разных углах доски. — *А я во как могу!*

— Э, нет! Так не годится. Мои вон где стояли, а ты вон откуда скаканул. Если я буду тебя так же лопать, то сразу все поем, — Чуров протянул руки и пощупал Феде лимфоузлы. — Динамика положительная, — сказал он самому Феде за неимением других ответственных лиц. — Понял?

— Вы меня что, уже смотрите? А собачка?

Федя соглашался на осмотры только за видео про собачку. Шеф давно уже стал на отделении чем-то вроде звёздного видеоблогера. Чуров достал телефон и продемонстрировал, как Шеф приносит камень, отыскав его в высокой траве.
— Это как он делает? — радовался Фёдор. — По нюху?

— По нюху, — подтвердил Чуров. — Собачий нос — это как очень крутой гаджет. У нас такого нет...

Пастозность голеней и стоп. Контрактуры. Признаки сердечно-лёгочной недостаточности. Расширение границ относительной сердечной тупости влево, глухость сердечных тонов.

— Значит, ты злой, — продолжал Чуров. — На кого злимся?

— На драконов всяких, — прохрипел Фёдор.

— Ну, тогда ты не злой. Ты тогда богатырь. Драконы же плохие. На них злиться — это хорошо, это правильно.

Систолический шум практически над всеми клапанами, шум трения перикарда, тахикардия сохраняется.

— А это правда, что сегодня Новый год будет? И что будет праздник?

— Про Новый год правда, — сказал Чуров. — Насчёт прямо праздника — не уверен. Сам посуди, здесь больничка. Ну какой тут праздник, тут все болеют, у всех всё болит.

Праздник полагался только тем, кто мог дойти на своих ногах до третьего отделения. Фёдор к таким не относился. Ему и вставать нельзя было.

— Э-э! — прохрипел Федя. — А к нам в детдом на Новый год спонсоры придут. Дарят всё что захочешь. Дед Мороз так не может.

— Да он вообще мало что может, — сказал Чуров, поглядывая за окно. — Снега вон даже не насыпал. Какой-то скупой Дед Мороз в этом году. Это потому, что в него никто не верит.

* * *

Чуров зашёл хлебнуть чайку. Ординаторскую ремонт не затронул вовсе. Тут по-прежнему стоял старенький диванчик и висели часы, которые принесла Елена Захаровна. Здесь пили чай на скорую руку. Чуров никогда не допивал — всегда его отзывали раньше. Когда он приходил в следующий раз, то говорил:
— Мне прямо сюда, новый пакетик не надо.
Так у него этот пакетик и мерцал на дне, достигая полупрозрачности.

В телевизоре, когда он вошёл, по странному совпадению тоже передавали кардиологию. Правда, немного желтоватую. В последние несколько лет, вслед за трансгендерами, эвтаназией и абортами, вошла в моду синхронизация сердечного ритма. Тема муссировалась многими, однако впечатляющих результатов никто пока не достиг.

— Вы расскажите, почему в России запрещены опыты по синхронизации? — для виду наезжал ведущий на минздрава с бледным лицом и пылающими ушами, якобы ему оппонируя. — Ведь это такая мощная и перспективная разработка!

— Да, мощная... казалось бы, — подчеркнул минздрав. — Идея синхронизации разрабатывается давно... Поясню для наших телезрителей, что, собственно, это голубая мечта человечества — синхронизация сердцебиения. Ещё в начале девяностых случайно открыли, что на свете существуют первичные синхронные пары, — это люди, у которых сердце бьётся в едином ритме, синхронно. Такие люди встречаются редко, а выявить их ещё труднее, сами понимаете. Но вот когда с одной такой парой стали проводить опыты, выяснилась такая вещь. Если с этой синхронной парой человек проводит вплотную, на минимальном расстоянии...

— До двух метров, — уточнил ведущий.

— Да, меньше двух метров должно быть, и провести с ними надо либо непрерывно около трёх суток, либо если не подряд, то требуется много часов — как бы много сеансов. И тогда ваше сердце синхронизируется с этой парой, и синхронов становится уже трое. Ну и сами понимаете, что это может быть спасением для людей, у которых есть сердечные болезни, неизлечимые, в том числе... То есть синхронная пара сердец поддерживает и тащит за собой сердце, и спасает человека, который без этого давно бы умер.

— Не меньше трёх суток непрерывно — или много-много сеансов — на расстоянии не более двух метров друг от друга, — уточнил ведущий, заглядывая в смартфон.

— Ну да, вот, — кивнул минздрав и потер пылающие уши, и Чуров, бросив беглый взгляд на экран, без особого удивления узнал в нём своего однокурсника. В свете софитов минздрав казался ещё бледнее, чем обычно, а веки были совсем синие. — Чем больше времени они проведут втроём и чем меньше расстояние, тем больше надежда на успех. То есть, по сути, там есть два основных принципа: *время и близость*. И поэтому идея в том, что нужно искать и находить первичных носителей — синхронные пары, которые могут быть донорами сердечного ритма.

— Прекрасная идея, правда? — воскликнул ведущий, подыгрывая чиновнику.

— Ну, во-первых, действительно их немного, а во-вторых, вы представьте, они же между собой практически никогда не могут быть знакомы, не знают об этом, могут быть далеко друг от друга, и это придётся перешерстить весь земной шар. А к тому же представьте: вы — практически сиамский близнец с кем-то, кого вы вообще не знаете, и если я вам скажу, что ваши сердца—это как бы одно сердце, что вы почувствуете?

— Ну, скажем так, я не обрадуюсь! — воскликнул ведущий.

— Вам станет не по себе, это как минимум. (Ведущий кивал, как болванчик, и произносил еле слышно: ага.) А к тому же у всего этого есть сильнейшая оборотная сторона. В какой-то момент выяснилось, что подсинхроны (так называются те, кого синхронизировали первичные синхроны) умирают одновременно с тем из своих доноров сердечного ритма, кто умер первым. То есть как? Один из первичных синхронов умер — и все его подсинхроны тут же — тоже — умерли. Кейс Редфилда, так звали умершего синхрона. Редфилд умер, и все подсинхроны тоже, мгновенно.

— Вне зависимости от их состояния здоровья.

— Да. И вот поэтому, из-за этой оборотной стороны, синхронизация и не может быть внедрена в медицинскую практику. Этические причины, — подчеркнул министр здравоохранения и не спеша пошаркал короткими ногами под стулом.

— Ну сколько можно это всё обсасывать, — прокомментировала Елена Захаровна. — И как они не устали ещё от этих тем. Сплошные аборты, эвтаназия и синхронизация. А, и смена пола ещё. Как будто больше поговорить не о чем. Оставили бы уже в покое, чего не понимают.

— М-м, — рассеянно согласился Чуров.

— Если всё так сложно, то надо всесторонне этот вопрос рассмотреть, наверное, — предположил ведущий. — И только тогда...

— Очень всесторонне, — покачал головой минздрав. — Очень. Ведь есть ещё и такой аспект, понимаете. Я вот считаю, что синхронизация — это вообще порочная практика. Порочный круг. Почему? В конце концов по цепочке может получиться так, что все сердца всех людей на Земле будут биться в буквальном смысле в унисон, ну, то есть, одновременно, в одном ритме. Есть небезосновательные опасения, что это может как-то сказаться... Ведь пара, которая всех синхронизирует, — именно от их жизней будут все остальные, получается, зависеть. А если это будет человек не из нашей страны? И у половины наших граждан сердце настроено по американцу? — дальше пошёл уж такой бред, что Елена Захаровна взяла пульт, и министр здравоохранения продолжал размахивать руками и шевелить губами уже беззвучно.

— Что происходит с Корзинкиной? — спросил между тем Чуров Елену Захаровну, прихлёбывая горячую воду, в которой не успел завариться чай. — Откуда лихорадка?

— Сама не понимаю, — отвечала Елена Захаровна. — Мы уже обыскались. Позавчера лично ей мерила, было даже низковато. Сидели, сидели... про рэп всё узнала, про котов-воителей. А вчера опять лихорадит.

Чуров побежал далее. Осмотрел поступившего вчера толстого парня-гипертоника, за которого болела вся его узбекская родня. Парень, кажется, чувствовал себя неплохо. Осмотрел ещё одного подростка — с сердечной недостаточностью почечного происхождения.

В целом ничего особенного не происходило: тридцать первое число длилось и было тихим. На дворе стояло безветрие. Васильевский остров погружался в серые морозные сумерки. Где-то на Большом или на Среднем народ покупал, веселился, жёг бенгальские огни, смерзался и пьянствовал. Нева стекленела под тонким серым слоем льда. Здесь же, в дальних линиях, в корпусах больнички, всё было пустынно, обыкновенно и буднично. Это нравилось Чурову.

Темнело. Телевизор крутил фиолетово-жёлтые пляски, а иногда крупным планом демонстрировал рты знаменитостей. Чуров, пробегая мимо, поставил его на беззвучный режим.

В дверях отделения, шурша разноцветными бахилами, столпились дедушка, бабушка, мама, папа и маленькая сестричка узбекского пацана с гипертонией.

— Мы навестить нашего мальчика. Можно?

Родственники гуськом проследовали в палату. По дороге им попался сутулый мрачный подросток Артём, выздоравливающий от инфаркта. Под мышкой он держал свёрток, замотанный блестящей и завитой сиреневой ленточкой.

— Девушка-Мороз подарила? — поддел Чуров на ходу, и вдруг его осенила *наблюдательность*. Он развернулся и быстрым шагом направился к Корзинкиной.

Когда он вошёл, Корзинкина как раз занесла руку с термометром и хотела его встряхнуть.
— Погоди! — поймал её за руку Чуров. — Ну-ка, сколько?

Чуров встряхнул термометр и сбил столбик до тридцати пяти. Корзинкина села измерять при Чурове. Вид у Корзинкиной был индифферентный, только щёки и лоб заметно покраснели.
— Кто тебя дома ждёт-то? — спрашивал Чуров невинно.

— Да все ждут. Мама ждёт. Братья.

— А ты хочешь домой?

— Хочу.

— А чего температуру себе мухлюешь?

— Я не мухлюю, — сказала Корзинкина. — Вот.
Чуров посмотрел. Столбик действительно подползал к тридцати восьми.

— Не мухлюешь? — сказал Чуров. — Ладно: как тогда? Не хочешь, можешь не говорить. Но мне пригодится для других детей.

— Я делаю вот так, — сказала Корзинкина. — Смотрите.
Чуров стал смотреть во все глаза. Корзинкина поставила градусник под мышку и напряглась. Широченное лицо покраснело ещё сильнее. На выбритой половине башки выступил пот. Чуров взял Корзинкину за руку. Пульс учащался, становился почти нитевидным.

— Хватит, — не выдержал Чуров. — Как ты только выдерживаешь. Спусти до нормальной сейчас же.

Корзинкина сделала выдох и на глазах остыла.
— Я ещё и не то могу, — пробасила она. — Я умею. Я талантливая.

— М-м! — сказал Чуров с огромным уважением. — Давай термометр. Умничка. Почему ты не хочешь, чтобы тебя выписали? Кто дома такой плохой, почему ты здесь отсиживаешься, признавайся?

— Никто не плохой, — Корзинкина покраснела снова, но уже не так интенсивно.

Чуров сделал небольшую паузу, присел на кровать рядом с Корзинкиной и сказал, глядя не на неё, а вперёд, в пространство:
— Артёма выписываем через неделю. Напишу, чтобы тебя тоже. Температуру больше не гоняй, не надо, не полезно это тебе. Хорошо?

Корзинкина стойко промолчала.

* * *

Темнота за окном сгустилась до полной черноты. А может, так казалось оттого, что уж очень яркие лампы светили у них на отделении. Чуров притаранил Феде полную банку детского корма — сливок с персиком. Чуров знал, что Федя любит больше всего чипсы с луком. Но Фёдору их было нельзя. Ему можно было только младенческое.

— Иван Саныч, а ты мой папа? — просипел Фёдор с хорошо отработанной задушевностью. — Ты будешь моим папой?

Чуров поморщился.
— Нет, я просто врач и приношу тебе вкусняшки, — ответил он в пятый раз.

— А-а кто мой папа-а? — прохрипел Фёдор. — Бэтмен?

— Возможно, — Чуров внимательно следил за тем, как раздуваются Федины ноздри. Дыхания не хватало. Пожалуй, прогресс-то не очень стабильный. — Может быть, и Бэтмен...

— А почему он не приходит со мной Новый год встречать?

— Потому что он не может тебя воспитывать.

— А если я умру? Кому-нибудь будет меня жалко?

— Мне будет, — сказал Чуров. — Но вообще-то ты не умрёшь. Мы, врачи, такого не допустим.

— У нас один мальчик сбежал, и потом он купил квартиру себе, и теперь он очень богатый человек, — сообщил Фёдор. — А вы мне что подарите?

Чуров поставил ногу на кровать и стал качать Фёдора. Тот заснул очень быстро, примерно так же быстро, как Корзинкина поднимала себе температуру. Спал он полусидя, потому что лёжа у него начиналась одышка. Чуров ещё минуты две задумчиво посидел в темноте, слушая его дыхание. Потом поднялся, забрал непочатую баночку и ложку и неслышно выскользнул в коридор.

Там в полутьме у окна стояли Корзинкина и Артём, между ними — полтора метра густой тишины. Чуров на цыпочках проскочил мимо них (заметят — придётся их спать погнать) и пошёл в ординаторскую. Открыли шампанское.

— Так что с Корзинкиной там, ты говорил, у тебя версия есть.

— Сердце нормально, температуры нет сегодня, — сказал Чуров. — Недельку подержим на всякий случай.

В телевизоре беззвучно запульсировали куранты. На улице начался снег.

11. Встречка

Как только построили кольцевую, Чурбанов приноровился по ночам въезжать на неё и кататься, открыв окна, чтобы в ушах ветер свистел. Таким образом жёг бензин Чурбанов, конечно, не во всякую ночь, а только в такие ночи, когда ему нужно было что-то обдумать или когда он был в настроении или же не в настроении. Частенько при езде Чурбанов курил без остановки так же быстро, как ехал. Окурки он кидал за окно, и они улетали, рассыпаясь мелкими искрами. Ездил Чурбанов всегда один. Но однажды, в ночь весеннего солнцестояния, случилось с ним вот какое происшествие.

Чурбанов, по своему обыкновению, ездил по кольцевой по часовой стрелке, то есть, минуя Пулковское шоссе, проезжал дальше к Красносельскому, через Кронштадт, потом на север,

оттуда к Выборгскому шоссе, далее к Мурман-
скому, оттуда снова к Пулковскому — и так далее. Ехал, ехал Чурбанов и вдруг издалека за-
приметил на обочине человеческую фигуру.
Сбросил скорость — и увидел, что человек этот
не дорожный работник, на нём нет жилета,
а в руках — никакого инструмента. Чурбанову
это не понравилось. Он сбросил скорость ещё
сильнее, а когда человек сделал шаг вперёд, за-
тормозил окончательно и встал, хоть на кольцевой это и запрещено.

Остановившись, Чурбанов приоткрыл дверь,
высунулся и крикнул:
— Эй! Садитесь, подвезу!

Человек подошёл. Чурбанов увидел, что перед
ним крупная, рослая девушка-подросток и, кроме того, вроде бы панк. Полголовы у девушки
было выбрито. На остальной половине рос го-
лубоватый пух. Девица была одета не по погоде — в майку с оскаленным зверем и спортивные
штаны с рынка.

— Залезайте, — сказал Чурбанов. — Бояться не
надо.

— Я ничего не боюсь, — сказала девица и села
рядом. — Если что, нож есть.

Это она произнесла довольно равнодушно. Не вызывающе, а так, к сведению. Голос у неё был низкий, хрипловатый.

— Вижу, что ничего, — сказал Чурбанов, набирая скорость. — Иначе бы не полезли сюда в два часа ночи. Вас куда подвезти? Могу куда угодно, я кругами катаюсь. Так где вас высадить?

— Да нигде особо. Пока вперёд просто. А потом, ну, куда-нибудь.

Чурбанов глянул искоса. Лицо у неё было широкое, курносое, равнодушное. Она явно мёрзла, нахохлилась, руки засунула себе под попу. Чурбанов включил подогрев сиденья.

Запищал датчик ремня безопасности.
— Пристегнитесь.

Девица нашарила ремень и пристегнулась. Ну ладно, подумал Чурбанов, будем тогда кататься. Девица ему не мешала. Наоборот, её присутствие нравилось Чурбанову. Чувствовалось, что человек она физически сильный и притом немного нелепый. Чурбанов врубил музыку. Девица смотрела вперёд, грела руки и чуть посапывала носом. В темноте он не смотрел на неё, но чувствовал этот крупный объект рядом.

Так бок о бок они проехали почти сто километров. Засинели впереди огни аэропорта, и Чурбанов собрался домой. Тогда он спросил девицу, неподвижно сидевшую справа:

— Всё-таки куда вас подбросить? Я не спешу. Могу куда угодно отвезти.

— Да вот тут прямо и высадите, — чуть смущённо и глухо ответила девица. — Не парьтесь, чтобы куда-то там отвозить.

— Ну, как хотите, — возразил Чурбанов, — вы свободный человек, но я не хочу вас высаживать на магистрали, здесь нельзя ни пешком ходить, ни останавливаться. Опасно.

— Я и хочу, чтоб опасно, — прозвучал голос девицы сбоку.

— А что за экстрим такой? — удивился Чурбанов.

Они уже проскочили Пулковское. Чурбанов решил, что свернёт и высадит панк-девицу всё же в городе.

— Это не экстрим, — сказала девица угрюмо. — Я просто хочу, типа, чтобы меня сбили.

— Чтобы что? Сбили чтобы? — не сразу отозвался Чурбанов (несколько секунд он просто вёл, обдумывая сказанное). — А-а. Ну... Зря вы. В тюрьму же человек сядет. Ну и потом, это не так просто. Вот я ведь вас не сбил.

— Это я поняла, — девица усмехнулась, снова довольно угрюмо. — Надо более внезапно выскакивать.

Чурбанов хмыкнул. Девица, возможно, хотела, чтобы с ней поговорили. Ну он же, хм, не психолог МЧС, чтобы отговаривать людей от суицида. В некоторых случаях это и правда отличный выход. Всё-таки он спросил без особого интереса:
— А чё так? Проблемы?

— Парень, который мне нравится, из-за меня в тюрьму сядет и вообще умрёт, — сообщила девица. — Я хотела просто спецназом стать. Или эмчеэсовцем. Или лётчицей. Ну, или пожарником. Но у меня заболевание, и мне нельзя. И вот... короче...

— Какое заболевание-то, если не секрет? — спросил Чурбанов.

— Сложно объяснить. Вот есть люди, у них диабет, да? А у меня как бы слишком сильный иммунитет, — пояснила она. — Я уже в больнице столько раз лежала. Мне надоело. Однажды целое лето лежала. А у меня характер такой, что я люблю экстрим. У вас такого не было, что вот идёшь — и водосточные трубы бац-бац, пинаешь? А потом одну оторвёшь и начинаешь на ней прыгать, и чем больше труб снёс, тем больше хочется?

— Бывает, — кивнул Чурбанов. — Понимаю.

— На паркур ходила полгода. Но было зимой обострение, и прыгать вообще нельзя. Могут кости просто сломаться. Там кости тоже воспаляются.

— Жесть, — сказал Чурбанов с уважением.

— Вообще жесть, — с удовольствием согласилась девица. — Ну и вот. Как раз зимой я лежала в больнице и там познакомилась с парнем. У него тоже... короче, та же болячка, что у меня. Новый год вместе там встречали. Мы даже выписались в один день, — с гордостью сообщила она, как будто в этом была её заслуга. Ну и вот, и, короче... и потом мы... стали, там, дружить...

(Тут Чурбанов понял, что всё серьёзно.)

— И вот, и однажды я увидела рекламу, заработайте семьдесят тысяч в месяц, опыт там не нужен, образование не нужно, всё с нуля. И я подумала: во круто будет, говорю Артёму, родители удивятся, мы заработаем, а потом им скажем, типа вот, мы, типа, вот, самостоятельные, типа, о, типа круто.

— Это ж наркотики, балда, — сказал Чурбанов.

— Да!!! Ну откуда мы это могли знать, вот откуда?!

— Ну как бы вам уже годов не так уж мало. Хотя я в вашем возрасте тоже был довольно тупой. И что, Артём тоже не вдуплил? Он старше тебя? Па-нятно...

— Как раз в этом вся тема, что он старше. Вот. И я как бы получается ни при чём, а он как раз, мне сказали, видимо, это будет ещё суд, но никто на судах не оправдывает, все говорят, что он просто в колонию пойдёт. А если в колонию, он там просто умрёт и всё. У него очень плохо было со здоровьем, у него вообще был инфаркт полгода назад!

— А у тебя, что ли, и с сердцем проблемы?

— Ну, там сердце, суставы, почки, всё сразу, как бы, типа, организм сам против себя. Но главное — что с сердцем. Если дальше так пойдёт, я ни ходить не смогу, ни есть, ни дышать. Мать не знает, я таблетки потихоньку в унитаз смываю. От них толстею я. Тошнит ещё. И всякое такое.

— Это вот плохо. Таблетки в унитаз... хотя я бы тоже на твоём месте смывал.

— Да любой бы смывал. Это жуткая гадость. Но инвалидом тоже не хочется быть. Лётчиком нельзя стать, гонщиком нельзя, ничего вообще нельзя. Лучше молодой подохнуть, это самое простое.

— Ничего себе, самое простое, — сказал Чурбанов. — Сейчас наука не стоит на месте. Разные крутые технологии за границей уже внедряют. Скоро и у нас, наверное, разрешат. Прикинь, там так стали делать. Вот есть два человека, у которых сердце работает одинаково. Вообще одинаково. Они называются синхроны. И этих людей берут и с ними синхронизируют других — тех, у кого с сердцем плохо. Так научились сейчас делать. И после этого ты уже можешь не беспокоиться — пока твой синхрон пс умрёт, ты будешь жить. Правда, есть проблемка, что когда он умрёт, то и ты тоже. Но можно находить, например, синхронов-младенцев, и тогда всё вообще круто. Интересно, правда?

— Да, вообще-то, — одобрила девица.

— Ну вот, — продолжал Чурбанов. — А пока вам сейчас главное хорошего юриста найти. Я тебе дам свой телефон. А сам поищу через знакомых тоже. Может, удастся отмазать. Но, конечно, вы очень пиздецово поступили, на мой взгляд. И тоже, при чём здесь ты? Нечего себя винить. У Артёма должна быть своя голова. Мало ли с чем кто не сталкивался. Надо как-то соображать. Ну, грустно, но ты на себя лишнее не навешивай.

Девица молчала, притаившись и сидя на своих руках. На лице у неё не отражалось никаких особых чувств.

— Если сделал одну глупость, не надо делать другую, — важно проповедовал Чурбанов, чувствуя себя патриархом и вершителем судеб. — Лётчиком нельзя, гонщиком нельзя, подумаешь, водить машину всё равно можно. Становись врачом вон, сама на себе всё знаешь, будешь хорошим врачом, это самые лучшие врачи — которые из больных. Я вот здоровый, поэтому не доучился на врача, теперь жалею.

— Да у меня мозги не так работают. Врачом — это биологию надо, химию. Мне лень. Я бы могла только трупы резать, — сказала девица. — Это вот небось весело! Вообще я люблю всякие ужасы. И экстрим. А вы смотрели такой фильм, где мужчина ведёт машину, а девушка ему глаза закрывает руками?

— Это ерунда, — сказал Чурбанов. — Руками, ногами. Детский сад какой-то. Это не по-настоящему опасно.

— А что по-настоящему опасно?

Чурбанов вжал тормоз, развернулся в два приёма и снова втопил, но уже по встречке.

— Кул, — сказала девица.

Чурбанов пожал плечами.

— Смотрите! Навстречу кто-то едет!

Фура. Издалека засигналила. Они сближались со скоростью триста. Чурбанов вильнул. Фура качнулась и довольно резко затормозила. Дальше пошли косяком — легковушки, грузовики. Чурбанов нёсся по встречке, ему отчаянно сигналили, выстраиваясь в правом ряду. Насколько Чурбанов мог судить, в отбойник никто не шарахался.

— А вас менты не запалят?

— Анрил, — сказал Чурбанов. — Камер тут нет пока. А номера на такой скорости не видно.

Мимо с воплями пронеслась очередная бэха.

— Хватит! — не выдержала лётчица. — Вдруг там дети!

О, точняк, дети, развеселился Чурбанов. Действительно, тут же дети — как он мог забыть. Он без лишних слов развернулся снова, проехал полкилометра до Пулковского и свернул с трассы вниз.

— Круто, — пробормотала лётчица. — Было круто. Спасибо. Не ожидала.
Чурбанов незаметно покосился и разглядел получше её курносый нос, скуластую физиономию и выбритые полчерепа.

— Ты тоже очень крутая, — сказал Чурбанов. — Практически — супермен. Супер-девушка. А ты про то, что умереть там надо и всё такое. Глупости, короче, какие-то, — он порылся в кармане. — Держи лучше визитку вот мою. Звоните мне про юристов, будем помогать.

— Да я-то чего помогать? — пробасила девица. — Ну, подраться очень люблю. Если надо, могу убить кого-нибудь. Вам никого не надо убить?

— Нет, — сказал Чурбанов. — Убить не надо. Наоборот, я хочу, чтобы все мои враги вечно жили и вечно мучились. И я верю, что у тебя куча талантов.

— Я умею сама себе температуру повышать. До сколько угодно, хоть до сорока.

— Вот это правда то что надо, — позавидовал Чурбанов. — Мне бы в школе пригодилось.

— Вот-вот. И мне часто пригаживается.

— Ну а всё-таки куда отвезти?

— Да можете прямо здесь и высадить, мне недалеко.

— Выпиливаться точно раздумала?

Лётчица мотнула головой.
— Я тут подумала, — вдруг сказала она, — про эту технологию, про сердце, чтобы одновременно билось. Это же очень круто. Можно нам с Артёмом взять и сделать так, чтобы, ну, типа, у нас одновремснно с ним бились сердца, и тогда, даже если он там два года отсидит, это будет не страшно, потому что он там не помрёт. А вы не знаете, кто это у нас счас в России делает?

Чурбанов тормознул и щёлкнул блокировкой.
— Не-а, не знаю. Пока вроде никто не делает. Как бы технология в разработке, — сказал он задумчиво.

— Ну ладно, попробую узнать. Спасибо, что подвезли, и за визитку, — лётчица вылезла из машины, кивнула Чурбанову и хлопнула дверью.

Чурбанов ещё посмотрел немного, как она идёт чуть враскачку вдоль многоэтажек Пулковского шоссе, под голыми липами и фонарями, под мутноватым небом, в качающихся тенях. Потом поехал, сначала медленно, затем быстрее.

До рассвета оставалась пара часов. Чурбанов припарковался в тёмном дворе. Пошагал домой. Взошёл по лестнице. Открыл ключом съёмную квартиру. Стащил ботинки. Прошёл в комнату, не включая света. Нашарил в баре коньяк. Упал в кресло.

Врубил здешний телевизор — широкую панель на стене. Там мерцало чёрно-голубоватое старое кино. Крупным планом показали злодея. Затем красавицу. Они слились в поцелуе.

Потом Чурбанов, кажется, уснул и выпустил управление из рук, но, может, он и продолжал бодрствовать, когда его вдруг резко и мощно бросило вперёд, из кресла и через столик. Чурбанов врезался в плазменную панель и рухнул на журнальный столик, у которого треснули обе правые ножки. Журналы разлетелись по полу. Чурбанов замахал руками и ногами и обнаружил сам себя на полу и в полном шоке.

Он барахтался и скользил на глянцевых обложках. Сверху сыпались обломки пластмассы. В окно вдавливалась чёрная, густая масса беззвёздной городской ночи.

12. Валентинка

Чуров, Байя, Шеф и Вика стояли вчетвером на осенней платформе, и никого больше: все бабушки-дачницы уже неделю-две назад попрощались с продавщицей в поселковом магазине и перестали ездить.

Октябрь пришёл снова необыкновенно тёплый. Острые бледно-жёлтые листья светились над платформой. Сумерки сгущались. Вокруг всё синело и желтело, темнота сливалась со светом. Вдали из-под ветвей, сходившихся над дорогой, выплыл горячий фонарь. Электричка приближалась медленно и почти бесшумно. Казалось Чурову, что всё вокруг пылает и плывёт, и шум крови в его организме сливался с тихим шелестом листьев.

Рельсы засипели. Электричка с грохотом влетела на станцию.

Чуровский телефон зазвонил.

— Как всегда, вовремя, — сказал Чуров и приложил трубку к уху, помогая Вике шагнуть в вагон. — Алло.

— Привет, Чуров!

Шеф запрыгнул первым и помчался на своё всегдашнее место. Байя и Вика сели у окна. Вагон был пустой и светлый, по нему гуляли сквозняки. Сразу стало видно, что снаружи стемнело.

— Привет, Аги, — Чуров завел глаза вверх, к мигающим лампочкам. — Я в электричке, в области, может быть плохо слышно. В городе через пару часов буду. Ты по делу?

— У меня тут одна одинокая подопечная, Чуров, я хочу, чтобы ты её посмотрел, если сможешь, сегодня. Она старенькая, и я не пойму, надо её в больницу или не надо. С одной стороны, как бы можно на всякий случай и отправить, а с другой — ей там плохо будет, здесь хотя бы я к ней хожу, а там даже и не знаю. Ну и ещё дочка у неё где-то, тоже хочу понять, беспокоить её или нет.

— И сел на кита Айболит, — сказал Чуров. — Часиков в десять, в половину одиннадцатого — не поздно будет? Только учти, что я детский кардиолог давно уже.

— Конечно, приезжай. Я тебя подожду. Спасибо тебе!

— Лимпопо, — Чуров повесил трубку.

* * *

Валентина Авдеевна приподняла голову с подушки:

— А когда сказали, что немцы идут, наш детдом просто распустили. Показали нам дорогу и сказали нам идите. И мы пошли дети. И нам было от четырёх до тринадцати. Когда налёты начинались, то мы с дороги сойдём — и в канаву прячемся. Мы шли сто километров. Некоторые отстали по пути, и мы не знаем, что с ними было. Ну вот, а мы дошли дети. Мне было. Шесть. Лет. Воробьёв ели, ощипывали, насаживали на палочку. Жарили. Головёшки ели. Поноса было очень много, от поноса очень многие умерли. А было жарко-жарко. Очень жаркое было лето.

«Сегодня тоже очень жарко», — подумал Чуров и кивнул.

— Меня мама в детдом отправила, не могла прокормить, воспитать. Сама за руку привела и оставила. Я матери благодарна и сейчас, я ей до сих пор, по гроб жизни благодарна, что так она сделала, что я не умерла с голоду и холоду. Моя дочь при мне росла. А выросла неблагодарной. Никакой благодарности я не видела и не вижу. Считаю, советский детдом меня вырастил, научил меня жить. Вот сейчас совсем другое воспитание, дисциплины-то нет никакой. А мы в детдоме жили очень хорошо. Мы и овощи сажали. У нас и куры были. Мы сами за птицей, за скотиной ходили. И все учились очень хорошо. У нас никто бы не посмел учителю. Как им не стыдно только. Это уже сейчас... уже я не смогла работать, сейчас дети не знают, что такое дисциплина. Если дома не научить как следует. А сейчас такое время. Да что там, будут они мне рассказывать. Я в школе много лет проработала, географию преподавала.

Цветной халат на груди немного приподнялся, и семь морщин на лбу легли параллельно друг другу.

Странно, дочка. А они почему-то думали, что она одинокая и бездетная.

— А вот дочь, — возобновил Чуров. — Я ничего не знал про дочь. У вас есть её телефон? Записан где-нибудь?

— Она меня не хочет видеть, — проговорила Валентина Авдеевна, с напряжением переводя глаза на Чурова. — Я её тоже видеть не хочу.

Плотная шапка кудрей — раньше были чёрные, теперь поседели. Красила их, может. Интересно, а в шесть лет такая же кудрявая была?

— А дочь кем работает?

— Учителем, как и я, — сказала Валентина Авдеевна. — Не знаю, какой там с неё учитель... Она мать не уважает. В грош не ставит. Чему она детей может научить. Вот сейчас такие все учителя. Никого уже теперь не осталось. Кому учить-то.

Чурову показалось, что внутри Валентины Авдеевны работает маленькая механическая шкатулка, из которой с некоторой периодичностью выскакивают со звоном и натугой маленькие железные фразы. Крутанёшь ручку: *дисциплина самое главное*. Крутанёшь два: *как им не стыдно*. Крутанёшь три: *я сама дочь вырастила*. Голову дома не забыл? Садись, два.

— Валентина Авдеевна, у вас телефон дочери есть?

— Я не буду ей звонить, — отрезала географичка и уставилась на Чурова с неожиданным проблеском наблюдательности. — Ваня?

Чуров слегка кивнул.
— Надо же, — заволновалась Валентинка. — Я тебя помню. Я вас всех помню. Не головой, дорогой мой. Сердцем. О память сердца ты сильней. Ты ведь хорошо учился у меня, был дисциплинированный ученик, хорошист. Сейчас, сейчас, я и фамилию вспомню. У меня память профессиональная... Чурбанов! Точно.

* * *

Чуров осмотрел Валентину Авдеевну и сказал Аги, что дела у её подопечной неважные и что надо её госпитализировать. А лучше бы и прооперировать, но это вряд ли возможно, учитывая состояние.

— Поэтому дочку зови, — заключил Чуров. — Постарайся её побыстрее найти.

— Вот прямо побыстрее?

— Побыстрее, да.

По дороге домой Чуров всё думал, и мысли его были то про Валентину Авдеевну, а то про его собственную маму. Но мысли эти были неоформленные и тоже выскакивали в голове Чурова в виде отдельных фраз: да как же это всё так? — почему и зачем это? — и, чёрт возьми, что ж теперь? Занятый этими бессмысленными, но важными переживаниями, Чуров подошёл к дому — и тут ясно понял, что больше он свою учительницу географии не увидит.

Аги узнала, что дочь Валентины Авдеевны звали точно так же и она под той же фамилией, тем же именем и отчеством продолжала преподавать в одной из питерских школ. Третьей женщины с такими данными не существовало, и поэтому дочь довольно быстро была найдена.

Уже начинался ноябрь, когда Аги снова позвонила Чурову:

— Дочка моей подопечной хочет с тобой увидеться. Какой-то вопрос у неё к тебе есть.
Чуров сказал дать его телефон, и через двадцать минут та позвонила.

Встречались они в пышечной, неподалёку от больницы, где работал Чуров. Он пришёл раньше, чем договорились, но Валентина Авдеевна младшая уже сидела за круглым столиком и осторожно помешивала пластиковой палочкой чай в белой чашке. Чуров увидел женщину лет пятидесяти, плотную, ярко накрашенную и очень сильную, с такими же жёсткими густыми кудрями, как у матери. Нижняя часть лица у неё была расплавлена и смята страшными шрамами от ожогов, подбородок сливался с шеей. Несмотря на это, она производила приятное впечатление и была похожа на могучую и красивую глянцевитую жабу из фильма про дикую природу.

— Ну что, врачи говорят, мамы у меня скоро не будет, — без предисловий и без особых эмоций констатировала она. — Операцию делать нельзя, не выдержит. Только ждать и, как говорится, паллиативно.

Чуров выдержал паузу. Ситуация не была слишком трудной для него. Он работал в детской больнице. Здесь перед ним была взрослая дочь пожилой пациентки.
— М-м, — сказал наконец Чуров ровно тем тоном, который тут требовался. — Тяжело.

— Да я всё понимаю, — усмехнулась дочка. — Особо не расстраиваюсь я, честно говоря. Мы близки особо не были с мамой. Мне просто надо знать — это надолго или не очень. Отпуск надо брать, ухаживать-то.

Чуров насторожился. Валентинка-младшая недоговаривала. По ней было хорошо заметно, что человек она прямой и врать не любит. Поэтому Чуров сразу понял, что она что-то скрывает. Интересно, по какой настоящей причине она решила с ним встретиться? Уж точно не затем, чтобы узнать, надолго ли ей отпуск брать, и всё такое. Так чего медлит, к какому такому делу не решается перейти?

— Точно сказать трудно, — Чуров посмотрел на дочку внимательнее. — Скорее всего, протянет по меньшей мере до Нового года.

— Но не дольше?
Чуров чуял подвох всё сильнее. К чему же она клонит, неужели и правда хочет узнать про отпуск? Он попытался вспомнить, как ненавидел географичку, но не смог.

— Не сильно дольше, — ответил он осторожно.

— Ясно, — сказала дочь Валентины Авдеевны без радости и без грусти.

Она посмотрела в окно пышечной. Достала из сумки губку для обуви и обтёрла туфли.

— Погода, — объяснила она. — Октябрь какой-то ненормальный. То жара, то снег с дождём.

— Да, очень необычно, — подтвердил Чуров. — За три дня уже шесть раз всё поменялось.

Он мог бы и уйти, но до дежурства оставался час, Чуров назначил время с запасом. Поэтому он ждал и наблюдал. Чуров чувствовал, что должно произойти что-то важное, но совсем ему непонятное.

За окном между тем подлили чернил. Спустя пятнадцать минут плотной темнотой залиты были все закоулки и палисадники, а проспект посветлел от фонарей и стоявших в пробке машин.

— Мать никто не любил, — сухо сказала Валентинка-младшая. — И я не люблю. Тяжёлый человек. Может, потому что детство такое, не знаю.

Чуров сосредоточенно кивнул.
— Она рассказывала немного. Какая у неё жизнь была трудная. Про войну, как они под бомбами шли.

Женщина усмехнулась.
— Она всем рассказывает. Думает — её за это пожалеют. Про войну... Война тогда со всеми

сразу случилась. Но не все стали такими, как она.

— Какими?

— Бессердечными.

Чуров притаился.

— Лупила меня постоянно. За дырку на колготках лупасила меня до крови, и скалкой, и всем. Я врала ей, боялась страшно. За четвёрки лупила, за всё. Ни за что вообще могла. Лягу не так... она почему-то считала, что я на правом боку должна спать. А если на левый лягу, то всё. Разбудит и лупит. Каждый день заставляла полы драить. С мылом. Если хоть пылинку найдёт — есть не даст. Могла несколько дней вообще не кормить. В наказание. А за что? Да за что угодно. Соседи подкармливали. А в школе боялись её. У неё там дисциплина была — муха не пролетит. Она гордилась этим, знаете.

— И это — она? — Чуров показал на её ожоги.

Дочь географички покачала головой.
— Нет, это нет. Официальная версия — что мне три годика было, и я не слушалась, опрокинула кастрюлю, бульон на себя вылила. Не знаю, как

это было, не помню. Потом только слышала всегда — уродина, жаба. Вы знаете, у меня груди нет, совсем нет. Там на месте груди вот это вот мясо, всё сожжено. Так и не выросла грудь. Семь операций мне сделали, пока взрослой не стала. Из кожи своей вырастаю, начинает давить, тянуть — операции.

Чуров сидел и кивал, как болванчик.

— А учителем стала я не потому, что мать учитель. Просто сначала в университет хотела, но побоялась, что не смогу, конкурс. Я же сама всё. Веры в себя никакой. Ну что же, и поступила в педагогический, ничего. Ну, почти не учили там, но я всё сама. Всё сама. Пошла в школу — там научилась. Историю преподавала, а потом географию стала тоже. И знаете — мне понравилось. Я люблю свою работу. Даже в этой вот школе сейчас дурацкой. У нас ребята совсем не тянут некоторые. А кто даже и русский не очень знают. Сейчас нас бумагами так завалили, сил никаких нет. Два журнала заполнять, обычный и электронный. Ну, вам это неинтересно... От бумаг продыха нет. Но я всё равно из школы не уйду. Всё равно работа любимая. Если я уйду, останется-то кто. На некоторые вещи я просто плюю. Главное — дети, вот эта составляющая. Творческая. Сколько её там остаётся, да мало.

Ну сколько ни остаётся, я всё равно буду это делать. У меня вот дома открытки от учеников — целая стена. Когда смотрю на них, понимаю — живу не зря. Вы тоже вроде свою работу любите, так?

— Так, — осторожно согласился Чуров.

— Да... Ну и вот я к вам-то вот зачем, — проговорила она неожиданно безлично и торопливо, вдруг пряча глаза. — Вот зачем к вам я-то... Ходят слухи, что в Россию ввезли нелегально эту вот технологию новую. Запрещённая у нас которая. При которой одно сердце с другим можно как бы запараллелить. Как она называется?

— Да, да, есть такая, — нехотя признал Чуров после небольшой паузы, не желая прямо упоминать название, но уже понимая, к чему она клонит. — Она не только у нас запрещена. Её пока практически нигде не сертифицировали. А где есть, ну... в экспериментальном ключе... там каждый конкретный случай отдельно рассматривают. Синхронных пар известно очень мало, и пока никто не собирается их активно искать.

— Активно искать не надо, — Валентинка-младшая потеребила ремень сумки и вдруг уставилась прямо на Чурова. — Вы же... у вас же... есть. Приятель ваш.

Этого Чуров не ожидал.
— Вот я и хотела спросить. Можно ли как-нибудь. Неофициально. Знаете. Мне квартира её ни к чему. Она у меня ни с чем хорошим... Ни с чем хорошим у меня это место не связано, и мы можем...

— Можем что? — Чуров всё не хотел понимать. — Квартиру продать?

— Да. И на эти деньги сердце, — сказала она и посмотрела на Чурова. — Её. С вашими. Запараллелить. Или как это?

— *Синхронизировать*, — неохотно вымолвил Чуров.

— Да-да, синхронизация, вот, точно, это самое слово. Вы можете мне помочь?

Чуров сосредоточенно помотал головой.
— Боюсь, что нет. Для этого, видите ли... Для этой помощи... Если бы даже я в действительности имел такого приятеля... Если бы, — подчеркнул Чуров. — А я даже не представляю, — Чуров уточнил, — могу только догадываться, какого приятеля вы имеете в виду. И если это — тот че-

ловек, о котором вы говорите, — аккуратно продолжал он, — то я очень давно вообще не виделся с ним, и даже если бы мог... то уж точно не согласился бы применить данную технологию. — Чуров пожал плечами, развёл руками. — Я, видите, врач, и я законопослушный человек, я уважаю закон. А технологию эту не хотят нигде распространять. И есть определённые резоны, по которым это не происходит. И это не только потому, что чиновники такие дураки, поверьте, не только поэтому, — высказался наконец Чуров.

Валентинка-младшая покачала головой.
— Ясно. Вы меня простите за вопрос — а у вас родители живы?

— Нет, — ответил Чуров.

Дочь Валентины Авдеевны встала. Чуров тоже встал.

Они вышли из пышечной.
— Скажите, на Новый год в больнице можно будет остаться? — спросила она.

— Это у них надо спросить. Мы разрешаем. Но у нас детская больница. Взрослая — там другое. Есть отделения и учреждения, где точно можно. Перезвоните мне, я узнаю.

— Новый год с мамой хочу встретить, если получится, — сказала она и посмотрела на Чурова, а тот снова захотел сказать «м-м», но опять удержался.

— Ну, до свидания, — попрощалась Валентинка-младшая и пошла прочь, впечатывая ноги в асфальт и размахивая пакетом.

13. С лёгким сердцем

В пять часов двенадцать минут утра Чурбанов проснулся в своей машине оттого, что солнце уже нагрело ему физиономию сквозь лобовое стекло. Спать Чурбанов не умел. Если его разбудить, он уже не засыпал снова. Вот и теперь он потянулся, открыл глаза и вылез наружу.

Он уснул в машине на набережной канала Грибоедова, в самом конце, неподалёку от площади Репина. Солнце стояло над каналом. Чёрная вода сверкала, водоросли цвели в глубине. Людей ещё не было. Чурбанов покурил, посидел на гранитной тумбе, глядя на длинные тени, полосами лежавшие на желтоватом асфальте.

Вдруг странная, давняя мысль, будто облачко в комиксе, подплыла к нему с неожиданной стороны. У этого облачка не было хоботка, который позволял бы сказать «подумал Чурбанов»; нет, он ещё ничего не подумал, мысль была не его и как бы вообще ничья, и Чурбанов старался не знать, что там за мысль бродит рядом с ним, подходит, собирается подуматься ему.

Он почти без усилия сдул мысль прочь, быстренько залез опять за руль и через пятнадцать минут уже был на Московском вокзале. Там жизнь кипела: на стоянке моргали лады и форд-фокусы, толпились китайские туристы. Чурбанов припарковался, выпил кофе и пошёл на перрон. Ночной поезд уже приближался. Чурбанов и с закрытыми глазами угадал бы нужную дверь. На этом ночном поезде приезжала девушка, которую Чурбанов сегодня встречал, и по делам, и без всякого дела.

Он вытащил её из поезда, она помяла его с обеих сторон, он поднял её невысоко над перроном, она сказала:
— Привет Чурбанов!
А он сказал:
— Привет Синицына!

Синицына была высокая, большая, с длинными сверкающими чёрными волосами. Они немного полюбовались друг на друга, молча посмеялись, потом пообнимались, распределили сумки, потом долго целовались, потом решали, куда пойдут. Синицына плохо спала в ту ночь, она вообще не любила ни спать в поездах, ни жару. Всё расплывалось у неё в глазах, казалось радостным и не вполне реальным. Чурбанов был таким человеком, рядом с которым мир казался Синицыной вечным праздником.

— План такой, — говорила Синицына Чурбанову, когда они шли по вокзалу. — Мы должны осмотреть все восемь локаций, которые мне предлагают, а ты мне будешь говорить, где перспективно, а где нет.

Синицына собиралась открыть в Питере школу танцев без границ — такую, в которой было бы не стыдно танцевать и тем, кто не умеет, и тем, кто весит «слишком много». Чурбанов тоже участвовал. Всё это длилось уже уйму времени — кажется, третью неделю.
— А заедем сначала ко мне? — предложил Чурбанов. — А то вдруг ты не выспалась или ещё что-нибудь.

И они заехали и побыли вдвоём там, у Чурбанова, в прохладной съёмной квартирке, где шторы были задёрнуты и не имелось почти никаких вещей, кроме ноутбука, кучки бумажек и пары-тройки штанов там и сям, да огромного кресла, да двухметровой квадратной кровати, да — под потолком — синеватых и зеленоватых бутылей странной формы. Приехали они туда в шесть двадцать, а в восемь уже сидели на кухне окном во двор, на высокие тёмные липы, и пили кофе.

— Фу, даже страшно подумать, как там жарко! — сказала Синицына Чурбанову, глядя на то, каким жёлтым стал верх брандмауэра напротив их окна. — На крыше, наверное, можно яичницу жарить.

— Яичницу? Отличная идея, — сказал Чурбанов и вытащил сковородку.

— А давай, — снова предложила Синицына, — сначала съездим в Кронштадт, искупаемся и вернёмся в город делать дела? Тогда будет не так обидно, что мы не где-нибудь там.

— Отличная идея! — обрадовался Чурбанов. — Поехали!

Они съели яичницу и двинули в Кронштадт со средней скоростью сто восемьдесят километров в час (что значительно превышает разрешённые на магистрали сто десять, может создать аварийную обстановку и безусловно заслуживает всяческого порицания) — и обратно с той же поспешностью, и когда они приехали назад, уже стало наконец столько времени (десять с небольшим), что можно было ехать осматривать локации; но тут у Чурбанова зазвонил телефон...

(...опять Чурбанов замер, потому как давешняя странная мысль накатилась, наплыла сверху на Чурбанова, но он снова сморгнул её, не пустил, сказал ей: не сейчас, погоди, постой.)
(...но облачко пустоты, небольшое слепое пятно образовалось рядом с Чурбановым уже надолго, отчётливо, и тихий гул начался внутри него, но он ещё мог не замечать этого гула.)

— Чурбанов, а что, «Ту пицца» договор ещё не присылала? — без предисловий влился чувак, с которым Чурбанов делал другой проект — онлайн-сервис «Свободный столик», приложение для кафе, потом для баров, а теперь ещё и для парикмахерских. Очень удобно: сразу видно, где поблизости свободно, сколько мест и сколько ждать.

Чурбанов тоже быстренько влился, продолжая другой рукой крутить руль, а третьей разговаривать с Синицыной, которая решила основательно приукраситься и для этого выложила на колени: новую сиреневую тушь для ресниц, серебряную пудру, готичную жёлтую помаду, зеркальце, спрей с ароматом черники, золотые монисты, серёжки в виде ключиков, пудру, тонер, базу и основу, и йогурт для чистки зубов, и лак, от которого ногти становятся золотыми на холоде и ярко-огненными в тепле, и теперь Синицына любовалась всем этим богатством.

Чурбанов же, не прекращая разговора с одним партнёром, начал разговор ещё и с другим — это с которым он делал проект «Лишнего фитнеса не бывает!» по скупке неиспользованных абонементов и перепродаже их задёшево тем, кто стремится заниматься физкультурой.

— Ты пощупай, чем они дышат, — высказывался Чурбанов.

Все проекты Чурбанова были как раз такие: маленькие, неожиданные и нужные. Он влезал туда и сюда, рос, и когда всё начинало сверкать и переливаться через край — продавал и начинал что-нибудь ещё. Чурбанов иногда и сам забывал, сколько и чего он создал и в какое время. Если подсчитать все проекты Чурбанова, — если посчитать, сколько денег они приносили своим теперешним владельцам вместе взятым, — то Чурбанова можно было бы считать would-be миллиардером.

Но он никогда не мог ни на чём сосредоточиться, и поэтому оставался простым чуваком-предпринимателем, которому всегда и на всё хватало денег сегодня и вчера. Что будет завтра, Чурбанова не интересовало, он и так знал: *ещё что-нибудь придумаю.*

Закончив, наконец, разговоры, Чурбанов обнаружил, что они вышли на жару и стоят на старинном люке на солнечной стороне улицы.
— Давай перейдём в тень! — предложила Синицына. — Моя первая локация — вон там, на углу!

Тополя шелестели, земля во дворе была тёплая и сухая. Зал им понравился. Он располагался в большой квартире, где раньше жила коммуна хиппи. Поэтому на деревянном полу была изображена огромная полустёртая улитка.

Синицына неслышным лёгким шагом прошлась по залу — казалось, что её тень, и та не могла бы двигаться так тихо и таинственно. Потом обернулась и неожиданно сделала колесо, всё так же неслышно. Чурбанов отступил к стене.
— Меня как-то на балет затащили, — сказал он, — на современный. Чертовски круто. Но они и то громче топали, чем ты. Как у тебя так получается?

— А ты попробуй, — предложила Синицына.

Чурбанов сделал несколько хип-хоп-движений. Когда он танцевал, это было похоже больше всего на известную картину Лебедева «Подсыпай, Семёновна» из времён НЭПа.

В зал заглянул владелец — спокойный, как накурившийся мертвец. Чурбанов сразу определил, что ему абсолютно пофиг, купят они зал или не купят.
— Что-то у вас слишком тихо, — заметил владелец.

— Обдумываем! — пояснил Чурбанов.

Они снова вышли на улицу. Синицына сияла. Чурбанов задумчиво походил от тополя к тополю.
— Вот что, — сказала он. — Я тебя люблю, но это ведь жопа мира. Зал отличный. Но сюда никто не потащится. Поехали смотреть дальше.

Тут Чурбанова снова стали доставать партнёры по телефону, и они с Синицыной купили ещё кофе, а потом плюнули и купили пива. Бабахнула пушка в крепости, жара достигла пика, город встал в пробках, Чурбанов с Синицыной бросили машину и пошли пешком, стараясь держать-

ся в тени. Народ пёр и валил им навстречу. Второй зал оказался под косой крышей и был ещё лучше первого, но с дорогой арендой. Третий имел вход с улицы и располагался в супер-людном месте, но был маловат. Синицына и Чурбанов целовались и пили пиво под тополями. По каналу Грибоедова плыла баржа и косила водоросли. Пыльный звон стоял над городом: гиды с рупорами, китайцы, девочки с раскидаями на резинках, бородатые хипстеры в сандалиях, прохлада, тени, мороженое, песочницы, панамки, качели, вогнутые стёкла, острые углы и башенки небоскрёбов, и перила, по которым можно ходить, и чёрный гудрон, и расплавленный асфальт, и леса с красными флажками, и холодное пиво из горла, и стаканчики, набитые льдом, мятой и лимоном.

— Годное место, — заценила Синицына. — Людное. Шестьдесят квадратов. Третий этаж, но это фигня...

Чурбанов договорил с партнёром по телефону (ещё одна затея — обмен снарягой между дайверами и сноубордистами, многим же интересно попробовать незнакомый экстрим) и огляделся. — Да. Хорошее...

(...и тут мысль опять начала выпирать, увеличиваться в размерах, продолжая оставаться невидимой: Чурбанов старался не думать, но мысль не исчезала, а только качалась и перемещалась, и чем сильнее Чурбанов не-думал, тем сильнее слепое пятно чесалось и притягивало. Чурбанов зажмурил глаз — но и под веками оно маячило, как маленькая жгучая печать.)

— Да! — ещё раз огляделся он. — Что я там говорил?

— Ты сказал, что место хорошее, — донеслось из соседнего помещения. — Тут раздевалка. Смотри, как интересно. Вот если сделать тут помост...

Чурбанов встряхнулся и присоединился к Синицыной. Они обсудили детали. Синицына смотрела на Чурбанова как он был: высокий, слегка небритый, загорелый чувак в зелёной футболке с бессмысленной надписью, в джинсовых шортах и в сандалиях, и не хипстер, и не гопник, а так — человек. Потом они приобнялись и пошли искать владельца. Тот сидел двумя этажами ниже у себя в офисе.

— Ага, приняли решение, — оживился он. — Замечательно, я очень рад.
Они ещё немножко поговорили вместе, втроём, и потом Синицына и Чурбанов вышли наружу, а снаружи солнце зашло за лёгкую жаркую хмарь, но жара не ослабла, а, наоборот, сгустилась. Пыльные окна отражали белёсое небо.

Телефон снова зазвонил. Чурбанов сбросил. Отвечать не хотелось.
— Мы можем... — сказала Синицына.
Телефон зазвонил снова.

— Хоть выключай, — сказал Чурбанов и посмотрел на номер. — Хм? — номер был незнакомый. — Алё?

— Здравствуйте, — послышался в трубке голос из совсем иного мира — медленный, вежливый, немолодой. — Вы меня простите, что я к вам обращаюсь, но вот я тут узнала, что... как это называется, — всё извинялся голос, — вы уж не обессудьте, я не очень сильна в терминологии, но мне сказали, что есть такая технология, при которой два человека, у которых сердце бьётся одновременно, в одинаковом ритме... — и что можно, так сказать, подобрать этот ритм и подсоединить к нему третьего человека, правильно?..

— Я вас внимательно слушаю, — сказал Чурбанов, глядя на Синицыну.

— Просто когда говорят, что надежды нет, то уже и за соломинку хватаешься, — голос в трубке рассмеялся. — Говорят, что вы как раз и есть такой человек, у которого есть... ну, такой другой человек... и что вы могли бы, если вдвоём... Я не для себя прошу, понимаете. Просто болеет моя... У меня есть...

— Послушайте, я не врач, — прервал Чурбанов поспешно, не желая слушать, кто у неё есть. —

Я же — ну, это — не врач, я в этом вообще ничего не понимаю. Вы к врачу обратитесь.

— Врачи, да что врачи-то, — она всё посмеивалась, — врачи-то сразу сказали, что ничего не выйдет, понимаете, если бы я для себя просила... Ну ладно... Я так, в общем-то, и думала, на всякий случай позвонила... я так и думала, спасибо. До свидания. Всего вам наилучшего.

Отбой. Чурбанов убрал мобильник.
— А? — спросила Синицына. — Тебя прямо перекосило. С кем-нибудь перепутали, что ли?

— Да не то чтобы перепутали, — сказал Чурбанов. — Нет, вот как раз и не перепутали... У тебя такого не бывало — когда вот у тебя есть какой-нибудь, например, талант и способность, а ты не хочешь этим заниматься, у тебя своя жизнь, а тебе намекают, что — типа, ну, *надо*? И даже не то что намекают, а подводят к этому? Ну, мол, не зарывай в землю, и всё такое.

— О да! — с жаром закивала Синицына. — У меня с математикой было так. Всё, понимаешь, детство доставали со своими задачками, а я их решала, только чтобы отстали! Но когда уже потребовали, чтобы я в Политех поступала, вот тут-то я и сказала: нет, нет и нет. С лёгким сердцем.

— А они?

— Ну, поахали, посуетились и отстали в конце концов. Это моя жизнь! Моя единственная жизнь! — проговорила Синицына с пафосом и вдруг прыснула. — От интегралов у меня в голове мало что осталось. Разве что как мы рисовали на листе бумаги в клетку большое сердце, а потом заполняли его кирпичиками. Потом клеточки, которые остаются, можно было пересчитать, и это число... А вот что значило это число...

Чурбанов покрутил головой. Слепое пятно растворялось. Сквозь него виднелись контуры зеленоватых этажей, ржавая башенка с флюгером, пыльные окна, улица, пакет из-под чипсов рядом с переполненной урной; и неоновая надпись «Деньги сейчас», и очередь иностранных рабочих рядом с юридической конторой, и огромные кожаные листья тополей на весу, и белёсое небо, затянутое жаркой пеленой, и Синицына, её чёрно-золотые волосы, продолговатые, тёмные, полупрозрачные глаза, сиреневые ресницы, нежные мочки. Ничего не случится, уверился Чурбанов.

— Круто, — сказал он. — Ну чё, поехали веселиться?

14. Максидом

Байя очень любила строительный гипермаркет Максидом.

Не именно шопинг, трату денег, кучу народу, погрузчиков и распиловку. Нет. Байя любила ощущение новой жизни, которое возникало у неё в Максидоме. Когда она там оказывалась (а Байя стремилась оказаться там почаще), она очень ясно чувствовала, что наконец-то живёт как хочет, что жизнь эта — новая, прекрасная, что в ней не происходит ничего плохого. Ощущение это как возникло при первом походе в Максидом, так с годами и не проходило. Байе необязательно было даже делать покупки, хватало пройти между рядами, посмотреть на вещи, на людей, которые выбирают и покупают, вдохнуть запах свежего дерева, полюбоваться светильниками.

Байя очень любила Максидом, а Чуров любил его не очень. Эдакая здоровенная коробка посреди поля, а внутри громадное пространство, набитое товарами для ремонта, мебелью, метизами, досками, полотенцами, лампами, древесно-стружечными панелями, чашечками, жвачками, шампунем, столиками и прочей дребеденью. А ещё там постоянно ездили между рядами не только люди с тележками, но и залихватские погрузчики на дикой скорости, только успевай поворачиваться. Но что же, и Чуров полюбил Максидом как мог, регулярно наведывался туда и покупал всякое нужное то для подновления дачи, а то для построек в новой комнате, они ведь прикупили ещё одну комнату вдобавок к той, в которой Чуров провёл всю свою жизнь почти с рождения, в коммуналке на седьмом, последнем этаже большого и старого питерского дома в округе Коломна, с облезлым фасадом клюквенного цвета, сырыми подъездами, где даже летом прохладно, и улитками водосточных труб. Выше семи этажей в этом районе ничего не было, поэтому таким громадным и сумрачным казался этот дом со ржавыми башенками наверху и магазином «Чай-кофе» внизу, в котором Байя работала продавщицей после того, как сдала ОГЭ и ЕГЭ.

Сама же комната Чурова была маленькая. На полках стояли фотки из старых чуровских времён:

маленький толстый Чуров улыбался над тарелкой, как будто его снимали для рекламы каши. В том же углу помещалась и вязальная машинка мамы Чурова, и стопка журналов, и ещё много всего. В общем, тесновато, так что Чуров и Байя в конце концов купили ещё и ту маленькую комнатушку, похожую на комнату ниже этажом, где жила раньше сестра Байи. Чуров понемногу делал там ремонт, и вот почему они периодически наведывались в Максидом — на маршрутке или на сорок первом трамвае — и привозили оттуда всякие материалы для Викиной комнатки, а Вика предвкушала своё переселение.

В тот день, осенний и субботний, они зашли в Максидом вдвоём. Взяли тележку, добрались до отдела кроватей-чердаков и разных прочих *дров*, как выражалась мама Чурова про деревянные изделия. Выбрали быстро, не спорили, — точнее, это Байя выбрала, а Чуров не спорил, — а потом решили купить шурупов, потом смешать краску травянистого цвета, ну и — прямиком в отдел доставки, заказать чтобы.

— Давай я в шурупы, а ты в краску, — предложил Чуров. — Оттенок там выберешь. Такой, травянистый.

— А давай лучше ты в краску, — предложила Байя. — Я кровать выбрала, а оттенок ты.

А я пойду в шурупы. Размеры только дай, какие надо.

Чуров написал на клочке бумаги размеры шурупов, они договорились встретиться у кассы — кто первый придёт, очередь займёт — и разошлись. Чуров пошёл туда, где краска, а Байя двинулась к шурупам.

Байя неторопливо продвигалась вперёд, вглядываясь в указатели. Она легко несла свой большой живот. Как и в первую беременность, Байя набрала не меньше двадцати пяти килограммов, но чувствовала себя неплохо. Сейчас шурупы возьму, и в туалет, подумала Байя, поворачивая в тот самый отдел метизов, где висят на стойках пакеты с шурупами, гвоздями, болтиками и кронштейнами. А вот и продавец-консультант, и бейджик на ней: *«Александра Улитина. Метизы и крепёжные изделия».*

Саша ничего такого особенного не делала — как раз стояла у самых тех шурупов, которые Байе и были нужны, и добавляла, вешала на каждый штырёк с размерами новые пакетики. Старые-то, видно, раскупили. Двигалась Саша маленькими, точными и резкими движениями. Она по-прежнему была похожа на аниме-персонажа — даже больше, чем раньше, потому что с годами похудела, стала легче, суше.

Впрочем, Байя никогда раньше не видела Сашу Улитину и не знала, что она когда-то училась в одном классе с Чурбановым и Чуровым.

— А где тут у вас шурупы пэ аш по дереву четыре с половиной миллиметра? Мне нужно восемьдесят штук.

— Так, так — где они, — Саша быстро протянула руку и достала пакетик. — А вот они. Эти. Да?

— Эти, — сказала Байя. — Спасибо большое.

— Простите, пожалуйста, — остановила её Саша, — может быть, мой вопрос покажется странным. Но мне кажется, что человек, с которым вы разговаривали, — это мой бывший одноклассник. Вы с ним вместе пришли? — и Саша снова принялась развешивать пакетики по кронштейнам.

— Да, это мой муж. Его Иван зовут.

— Точно, он, — Саша не то чтобы обрадовалась, но явно заинтересовалась, заволновалась. —

Слушайте, а кем он работает? В соцсетях не могу его найти.

— Детский врач в больнице, — ответила Байя, тоже почему-то начиная внутренне волноваться. — А вы правда учились вместе? Хотите, я его позову?

— Нет-нет! — замахала руками Саша. — Не надо, зачем, чего там звать. Я после девятого ушла, он меня и не помнит. Со мной никто из того класса не общается. Да и я к ним не лезу. У меня тогда жизнь другая была, чем у них. Вспоминать не хочется.

— А какой был Чуров, когда в школе учился? — поинтересовалась Байя.

— Хороший, — без мысли ответила Саша. — Я потому и удивляюсь, почему он не... — она не стала продолжать. — А с таким человеком по фамилии Чурбанов — он не общается, вы не знаете?

— Нет вроде. А кто такой Чурбанов?

— Тоже одноклассник наш, — коротко пояснила Саша и, сама того не замечая, приложила к груди обе руки вместе с пакетиками саморезов, которые держала в руках. — Они мне снятся часто оба. То один приснится, то другой. Мы сидели *рядом*. С Чурбановым, а Чуров — на соседней парте, *через проход*. Понимаете?

Байя не была уверена в том, что именно ей нужно понимать.
— Не совсем. Что с вами?

— Голова кружится, — сказала Саша.

— У меня тоже, — сказала Байя. — Давайте присядем.

Протрубил погрузчик, проехал мимо, держа на бивнях высокие коробки, замотанные плёнкой. Саша и Байя уселись на паллету в сени клювов-кронштейнов, держа в руках пакетики с саморезами. Высоко над головой, в вышине ангара, сияли, гулко вибрируя, лампы дневного света.

— Вспомнилась всякая ерунда, — сказала Саша, глядя вперёд. — Иногда как всё начнёт вспоминаться, ой, хоть не живи.

— Да, это часто так бывает, — сказала Байя, тоже глядя вперёд. — А что вам вспоминается?

— Да чего ворошить-то, проехали.

— Проехали, — откликнулась Байя.

— Если бы не Чурбанов с Чуровым, меня бы не было.

— Меня тоже.

— Может, это было бы и лучше.

— Может.

Они сидели, держали в руках по пакету саморезов и смотрели вперёд. Максидом гудел вокруг торжественным потребительским гулом. В нём проходили вереницы мужчин, женщин и детей. Звенели кассовые аппараты. Словно орган, гудела распиловка. В автомате по рецепту, заданному отделом IT, смешивались разноцветные эмали. По винтику, по кирпичику строились дома.

Саша встала, потому что покупатель уже вертел головой, всматриваясь то в бумажку со спецификациями, то в проход. — Могу чем-то помочь?

Байя зашагала в сторону кассы, стараясь не оглядываться. Девчонка внутри пихалась, живот ходил ходуном. Душновато, подумала Байя, как будто эхо до неё донеслось, — душновато, — Байя зарегистрировала мысль, — что же это я опять — проваливаюсь, — подумала Байя и, помотав головой (ла-ла-ла, — сказала Байя), положила саморезы на ленту, и тут поняла, что вроде бы она купила только по металлу, а надо было ещё и по дереву. Ничего, ничего, ничего, сказала себе Байя, и вслед за тем сразу уплыла куда-то снова.

Чуров уже стоял рядом с отделом доставки: озабоченный, потный, в распахнутом пальто, сдвинув бровки, с мобильником, подняв глаза куда-то к высокому максидомовскому потолку, где висели и сияли белые лампы дневного света.

— Байя! — закричал Чуров, вдруг заметив её. — Я здесь!

Байя остановилась и помахала пакетами. Сил не было.

— Ты что? — Чуров выключил мобильник, обнял Байю, повёл наружу. — Как чувствуешь себя? Духота здесь какая... Саморезы-то успела купить?

— Не все купила, — сказала Байя нехотя. — Вот эти да. А по дереву... забыла...

— М-м! — Чуров махнул рукой, тоже в своих мыслях. — Схожу сейчас и докуплю... Подожди меня на свежем воздухе... Счас как, получше?

— Нормально, — проговорила Байя, присела на скамью и провалилась окончательно.

Началось с того, что за июнь ей заплатили почти вдвое меньше, чем обещали, а за июль не заплатили вовсе. Байя не знала, что это обычная история. Во всём городе у неё не было ни одного знакомого. Сестра тогда ещё жила с родителями в родном городе Байи. Август Байя провела на чердаке, под самой крышей одного из домов на набережной Фонтанки. Лето кончилось, работа тоже, домой ехать было не на что. Так Байя пришла в профессию. Теперь она могла купить себе шампунь, колготки, заплатить за жильё.

Это была никчёмная и страшная жизнь, продолжалась она больше пяти лет. Многие дружили с барыгами, сидели плотно. Байя не подсела.

В тот зимний день она вышла на точку вечером, хотя никогда так не делала. Было очень холодно. Встала на трассе у парка, где летом клумбы наполнялись крупными фиолетовыми цветами. Место было удобное, с горки водителю видно далеко, рядом светофор, а машины по шоссе шли сплошным потоком, так что желающие успевали притормозить.

Байя была в короткой дублёнке: руки, и то некуда спрятать, карманов нет, и Байя тряслась от холода. Вечер был суровый, минус пять, серый и ветреный, позёмка мела, народу на остановке не было, товарок тоже (да они и летом редко здесь тусили). Прождав полчаса, Байя совсем продрогла, подошла поближе к трассе и отвернулась закурить. Заледеневшими руками добыть огонь было трудно, колёсико не хотело крутиться, и Байя не заметила фиолетовую древнюю «девятку» с наглухо тонированными стёклами, которая тормознула рядом с ней. Её схватили вдвоём — под мышки, под колени, затолкали на заднее сиденье, прижали сверху и рванули вперёд. Всё это заняло секунды.

Байя пыталась орать, но толку в этом не было никакого. Рот очень быстро зажали, а сверху навалились так, что и рыпнуться не получалось. Надежда оставалась только на гайцев, какую-нибудь заправку или магазин. Ноги так застыли, что Байя их почти не чувствовала.

Было совсем темно, когда машина остановилась. Байю выволокли из машины и поволокли в подъезд, потом по лестнице. На ступеньках Байе удалось вырваться и упасть, но её схватили снова и быстро затащили в квартиру. Одежду сорвали сразу. Байя визжала и брыкалась, пока не охрипла и не обессилела. Но мучители, один квадратный, другой прямоугольный и повыше, были совсем бухие, и получилось только у одного из них. Тогда другой с досады, а может, просто от скуки, стал издеваться над ней. [...]

Они думали, что Байя вырубилась. Но она не потеряла сознание, ей просто стало всё равно. Они продолжали бухать у телевизора, а Байя лежала в кухне на полу и не могла пошевелиться. Она вдруг почувствовала, что у неё нет тела, нет души, нет ума. Ничего не болело. Не хотелось пить, не было холодно. Она могла сейчас же перестать дышать, если бы захотела. Она была совершенно свободна.

14. Максидом

И в этой свободе что-то заставило её искать спасения. Когда они оставили её на кухне, думая, что она в отрубе, Байя выбила стекло, вылезла на газовую трубу, повисла на руках и прыгнула с высоты трёх метров, босая, в заснеженный палисадник. Байе повезло: в соседний подъезд заносили мебель, и она заскочила туда вместе с грузчиками. Упала на пол у лестницы, хрипя из последних сил сорванным голосом:

— Вызовите милицию, на меня напали!..

Но те минуты, когда Байя отсутствовала в своём теле, закрепились и растянулись навсегда. Байя стала то ли камнем, то ли ангелом. Теперь с ней можно было делать что угодно. Байя не чувствовала стыда, стала почти невосприимчивой к боли. Спустя месяц после той истории она обнаружила, что беременна.

Когда Байе виделись и вспоминались как нельзя ярче такие истории, обычно она бессознательно начинала что-нибудь напевать — «на-на-на, ла-ла-ла», что-нибудь такое, — чтобы прийти в себя и не впадать в полное оцепенение. Вот и тут. Байя начала напевать, увидела вокруг людей, услышала гул — она была в Максидоме, не больше трёх минут прошло с тех пор, как Чуров пошёл докупать саморезы по дереву, о которых она позабыла.

А Чурову между тем снова позвонили с просьбой о синхронизации.

Эти звонки приходили всё чаще, и Чуров иногда думал, не стоит ли рассказать о них главврачу или ещё какому-нибудь вышестоящему начальству. Вместе с тем он хорошо понимал, что в этих делах никакого вышестоящего начальства нет и быть не может. При мысли об этом Чурову становилось неуютно, но спокойно. Откуда же все эти люди знают? Чурбанов, наверное, его проделки, — думал Чуров, выслушивая сбивчивые просьбы и одновременно отыскивая нужные саморезы.

— Нет, простите, это вы меня не понимаете! — терпеливо объяснял он. — Я не могу действовать как шарлатан, на свой страх и риск. Я врач, детский кардиоревматолог. И я вообще не представляю, о чём вы говорите и какую из существующих технологий имеете в виду. Никаких признанных официальной медициной, — подчеркнул Чуров, шаря глазами по стенке, увешанной саморезами, — технологий подобного рода... Вам надо обратиться к врачу, надо применять испытанные, доказанные, проверенные методики, которые уже зарекомендовали... — Простите, а можно ещё пару пакетиков вот таких вот саморезов? по дереву? —

он потряс пакетами в сторону Саши, которая копалась где-то в конце ряда. — Там мало совсем таких. — Нет никакой синхронизации! — Нет её — как медицинской технологии, а значит, нет и...

Саша подала ему пакетики, и Чуров их взял и кивнул в знак благодарности, но на Сашу даже не глянул, потому что был занят телефонным разговором. Только краем глаза он увидел её, и только как продавщицу, а как одноклассницу уже нет, не распознал. Саша осталась где-то на периферии взгляда, в слепом пятне. Что же касается Саши, то она, конечно, ещё раньше узнала Чурова, но так как человеческое сердце спрятано довольно-таки глубоко, то и увидеть или услышать, как именно бились сердца этих двух людей, просидевших несколько лет за соседними партами, рядом с третьим одноклассником — Чурбановым, никто из них не мог, а это было бы небезынтересно.

Дома Чуров сразу удалился прикручивать и привинчивать, Шеф и Вика пошли смотреть, как он это делает, а Байя немного отдохнула и приняла решение сварить рис. Она достала кастрюлю, насыпала рис, налила воды. Стояла и смотрела на венчик газа, как он пружинил под донышком кастрюли, нагревая воду. Вокруг всё было чисто и прибрано, хотя и несколько захламлено. В дальней комнате умиротворяюще жужжал шуруповёрт Чурова. Внешняя проводка ближе к потолку становилась махровой от пыли. Висели тазы. Живот каменел в тренировочных схватках. На кухонном подоконнике стояли трёхлитровые банки с квашеной капустой, морошкой, помидорами.

Жужжание шуруповёрта смолкло.
— Алло, — донёсся до Байи терпеливый голос Чурова. — Кто? Карина! Сколько зим, сколько лет!

Карина училась вместе с Чуровым и тогда, у костра, высказала мечту простую и профессиональную: всегда подбирать антибиотик правильно и чётко. Мечта сбылась, с антибиотиками Карина работала эффективно, свои наблюдения о борьбе с инфекциями при травмах обобщила и сделала кандидатскую, а теперь её подбивали ещё и на докторат. Однако сегодня Карину занимала не фармакотерапия.

— Нет, — не сразу, неохотно ответил Чуров. — То есть да, Карин, но... нет, прости. Я понимаю. В США тоже больше не собираются выделять... ты слышала возражения этической комиссии против синхронизации?.. Какие новые данные?..

Каким образом они его пересмотрели? Кейс Редфилда?.. Карина... Ладно. Я тебя слушаю. Только не жди, что я изменю своё мнение.

Наступило долгое молчание. Видимо, Чуров слушал. Рис бурлил. Байя убавила огонь и посолила. За окном воздух синел. Кухонное окно выходило не на железные крыши и улитки водосточных труб, а во двор, точнее, в пространство над двором — над асфальтом, стоянкой и заскорузлым тополем, который отсюда, с седьмого, был виден сверху.

15. По-настоящему опасно

Вышло так, что дом оказался тем же самым, в котором Чурбанов когда-то устроил офис своей первой фирмы. Тот же самый жёлтый шестиэтажный дом, и пятнадцать лет прошло с той поры, если не больше. Дом ещё сильнее обветшал, его решили снести — один подъезд только жилой остался, и в его пятнадцати или там четырнадцати квартирах (потому что одна пустовала) жили люди. Но, кроме этого подъезда, оставалось ещё два подъезда, в которых тоже жили люди, просто о них никто не знал и рассчитывать им было не на что. По правде говоря — весь дом был набит людьми. И пока ещё стоял, и ветер гулял в подворотне, где выбоины асфальта превратились в ямы, и таким же тёмным оставался маленький двор, и бетонная клумба, забитая сухими листьями, теперь треснула пополам, но не развалилась окончательно — что-то её держало. Двор теперь был чисто выметен хозяевами хлебозавода; по-прежнему пахло квасом, тестом, дрожжами, да ещё сдобой, ирисками и карамелью. Всё так же горел в квадратных окнах хлебозавода жёлтый напряжённый свет, и тестомешалка стартовала ровно трижды в сутки, как по часам: в десять, в шесть и в два.

Не только этот дом собрались сносить, но и все окрестные. Пару улиц за каналом уже выкосили, а на их месте построили новенькие демократичные двенадцатиэтажки, выкрашенные пятнами — в белый, голубой и сиреневый. Краска в особенности была столь демократична, что начала облезать ещё до заселения.

Самой-то Аги было, может, и всё равно, да в доме этом, что под снос шёл, жила одна из её подопечных. Эта подопечная Аги, пьющая дама семидесяти пяти лет, почти не нуждалась в ней, но иногда утрачивала бодрость, и тогда Аги ходила к ней даже чаще других. Сегодня Аги вдруг увидела то, чего раньше не замечала: за столом в кухне сидел ребёнок. Это был довольно странный ребёнок — по-видимому, очень больной: маленький, как будто распухший, почти без шеи, и пальцы маленькие, треугольные.

— Привет, — удивилась Аги. — А ты кто такой?

— Как кто? Я, — удивился пацан. — Если что, меня зовут Фёдор. Я бабушкин, если что.

— А почему я тебя раньше никогда не видела?

— Так у вас же только один глаз видит, — отметил Фёдор.

Аги очень удивилась. Заметить это было непросто.

— А вообще, я здесь был всегда. Просто так умею прятаться, что меня никто никогда не найдёт, даже у кого два глаза или вообще три...

Пришла бабушка и рассеяла оптическую иллюзию: оказалось, что до этого Фёдор просто кантовался по больничкам и жил в детском доме, но теперь его вроде как временно вылечили, а она стала ходить в церковь и перестала пить (теперь уже, конечно, насовсем, потому что тут уж или Бог, или пьянка, Бог этого дела не одобряет) и забрала Фёдора на каникулы домой. После каникул, конечно, нужно будет обязательно отвезти его обратно.

— Потому что я с ним не справляюсь, — пояснила бабушка. — Ворует, матерится. Сам — «бабушка, люблю не могу», а потом опять за своё. Лжи-
вый и хитрый ребёнок. Хорошо ещё больной —
меньше зла совершит. Ну ничего, скоро в детдом обратно, там дисциплине хорошо научат.

— У меня демоны в сердце, — сообщил Фёдор
с сатанинскою гордостью.

— Вот как, демоны, — поддакнула Аги. — Но,
я смотрю, ты рисовать любишь? Там в коридоре много твоих работ.

— Его работа, точно, — сказала бабушка. — Я уж
говорю, говорю, да сил никаких нет.

Обрывки обоев в коридоре действительно
были исчириканы зелёной ручкой и чёрным
фломастером. Например, под зеркалом Фёдор
изобразил человечка с большой головой, глаза-
ми-точками, без носа и рта, с квадратным туло-
вищем и тонкими короткими ножками. Челове-
чек был окружён замкнутой линией, вписан
в неровный овал.

— Это я, — сказал Фёдор. — В могиле. Я там пря-
чусь. Там меня никто не видит и никто не мо-

жет меня найти. А ночью я, страшный, выскакиваю из могилы и пью у всех кровь, всех убиваю.

— Вот, вот, — бабушка перекрестилась.

— Демоны, — гордо подтвердил Фёдор.

***

Чурбанов и Аги сидели на ступеньке лестницы. Фёдор был оставлен на кухне смотреть мультфильмы. Окна хлебозавода желтели напротив квадратным светом.

— Чё за пацан-то? — спросил Чурбанов.

— Документы собираю на опеку. Бабушка не справляется, он болеет и поведение.

— Респект, — сказал Чурбанов. — Я на такое не способен.

— Ты зато на многое другое способен. Постоянно натыкаюсь на твои проекты или на те, которые ты придумал. Сколько ты всего провернул, вспомни.

— Да пиздец просто с этими проектами, — усмехнулся Чурбанов.

Аги пригляделась.
— Прямо вот пиздец?

— Да не, хуйня, — Чурбанов выпустил дым. — Ничего особенного, процесс тут один проиграл.

— Много денег отдашь?

— Банкротиться придётся. И то не факт, что поможет. Есть проблемка, будет ещё один суд, могу и сесть запросто.

— Ого, — сказала Аги. — Сочувствую.

Чурбанов фыркнул.

— Ну, это я так, на самом деле всё не страшно. Мой адвокат очень цепкий чувак, очень чёткий. Я его парню знакомому порекомендовал, там тоже безнадёга была: клады, знаешь эту тему? И что, вышел недавно, очень легко отделался.

— Чего и тебе желаю.

— Ага, спасибо, — сказал Чурбанов. — А кстати, это не ты, случайно, людям рассказываешь, что мы с Чуровым — синхроны?

Аги удивилась.
— Нет, не я.

— Каждый день звонят. Задрали уже звонить. Номера меняю — звонят. Почти все про детей. Я же не ты, я терпеть не могу всяких несчастных. Если бы я был бог, я бы просто сделал сразу, чтобы все были счастливы, и всё! А так, я не бог и мне на них насрать, — сказал Чурбанов, глядя вперёд, сквозь темноту, на жёлтые окна хлебозавода. — Вот если бы мне Чуров сам позвонил и сказал бы: «Айда синхронить».

— Как Чуров тебе это может сказать? Это же нигде не делается, не разрешено. А теперь тем более. Теперь, наверное, после этих новостей, даже испытания запретят.

— А что теперь? — навострил уши Чурбанов.

— А, ты не слышал, — кивнула Аги. — Они же там открытие сделали в кои-то веки. Ну, случайно, конечно. Это же по-настоящему опасно, с их осторожностью такое только случайно и могли открыть. В общем, они везли двух синхронов в штат Юта на конференцию, и надо же такому совпадению случиться — жуткая авария на трассе, и оба синхрона погибли на месте. Казалось бы, подсинхроны тоже должны погибнуть, мы ведь знаем, что их жизнь кончается ровно тогда, когда один из первичных синхронов умирает. Но тут случился неожиданный сюрприз. В общем, их подсинхроны остались живы. И тут что-то заподозрили, стали делать всякие тесты, и наконец до них дошло. Теперь стало ясно, почему подсинхроны умирают вслед за первичным синхроном.

— Ну и почему?

— Потому что до сих пор умирал только один первичный синхрон. Один, а не оба. А другой оставался жить. Один жив, а другой умер. Поэтому в момент смерти одного из первичных синхронов происходил сильнейший сбой общего ритма, понимаешь? В результате которого и гибли все, кто на них завязан, все подсинхроны. Чтобы снять этот эффект, первичные синхроны *должны умирать одновременно*, с разницей максимум в несколько секунд. Только одновременно. Тогда сбоя не возникает, подсинхроны продолжают жить дальше, и у них всё нормально.

— Здорово, — протянул Чурбанов задумчиво. — Получается, мы...

— Получается, что теперь, скорее всего, будет официальный запрет даже на испытания, — сказала Аги. — Всё, вопрос закрыт с синхронизацией. Нельзя это делать ценой человеческой жизни. Двух жизней, — уточнила она.

Чурбанов затушил сигарету и встал. Но тут дверь квартиры приоткрылась.
— Мам? — прохрипел Фёдор, просовывая голову. — У меня всё зависло, и выскочила порнушка.

— Ага, так сама и скачет, с тобой ухо востро, — Аги встала.

Чурбанов тоже встал.

— Ну, ты там это, — сказала Аги.

— Порядок, — сказал Чурбанов. — На всякий
случай, теперешний телефон Чурова у тебя
есть? На всякий случай.

— Пиши, — Аги вынула телефон.

— Спасибо, — Чурбанов записал, сунул руки
в карманы и побежал вниз по ступенькам.

А квартир в подъезде было не пятнадцать, хотя
только в пятнадцати жили. А квартир-то было
шестнадцать, шестнадцать, шестнадцать, по-
вторял сам себе Чурбанов, пробегая мимо полу-
освещённых лестничных площадок, дверей об-
шарпанных и железных дверей, мимо окон
и жёлтых квадратов в окнах, и наконец внизу
он увидел эту дверь, за которой когда-то баба
Валя укокошила двух коллекторов. Дверь была
заколочена.

Чурбанов вышел во двор и достал телефон. Чуров взял трубку моментально.

— Привет. Это Чурбанов. Говорить можешь?

— Привет. Смотря о чём, — сказал чуровский
голос задумчиво.

— О погоде, — предложил Чурбанов. — В штате Юта.

Чуров затаился там, на той стороне. Чурбанов тоже затаил дыхание. Пауза тянулась.

— Да чего о ней говорить, — сказал Чуров наконец. — Приходи, и всё. Знаешь куда?

— Знаю. Приду, — сказал Чурбанов, ликуя.

Он нажал на отбой, подтянулся, по выщербленным кирпичам забрался на полтора метра вверх, уцепился за газовую трубу и заглянул в окно бывшей баба-Валиной квартиры. И так и сяк приглядывался и присматривался то одним глазом, а то двумя, наискосок и вверх, прижимался к стеклу и отдалялся чуть, но ничего не видел, ничего не мог увидеть, кроме чёрной сырой пустоты.

16. Вопрос закрыт

За светофором Чуров разрешил Вике ехать вперёд, и Вика поехала. Байя подняла глаза и увидела, что все деревья на площади Тургенева уже опали, кроме дуба, который всё стоял и стоял сухой. И даже лиственницы пожелтели и почти опали. На асфальте дети нарисовали меловые круги. Счастливая бабушка шла навстречу своей подруге, раскинув руки для объятий. Шеф бежал рядом с Викой за деревьями.

Тёплый сумрак сгущался под фонарями. Чуров и Байя посещали магазины и покупали:
— в магазине Petshop — корм для Шефа;
— в магазине белорусских конфет — печенье к чаю и триста граммов трюфелей;
— в магазине «Спектр» — стиральный порошок для младенцев, гигиенические прокладки Extra size и три упаковки памперсов на ребёнка весом от 2 до 6 килограммов;

— в магазине «Мясо молоко» — солёный сыр, хлеб, финики, творог с изюмом, сметану и куриные сердечки.

Небо над площадью Тургенева становилось коричнево-фиолетовым, а местами чуть красноватым, как яблочное повидло. Цепочки фонарей тускло мерцали на проводах. Последние редкие листья лежали в мелких лужицах, где отражалось красное небо. Трамвайные рельсы блестели в спокойной полутьме. Не было, как говаривала мама Чурова, *ни ветринки*, даже самые тонкие веточки не качались.

Продавщица надела на руку пакет, захватила пригоршню скользких маленьких сердечек и вывернула пакет наизнанку. Завязала, положила на весы. Красные циферки мигнули. Байя вытащила кошелёк.

В этот момент дверь магазина, привязанная верёвкой к перилам, рванулась и захлопнулась. Покупатели оглядывались. Продавщица булочного киоска вылезла из-под прилавка и пошла возвращать дверь на место:
— Мальчишки, наверное, хулиганят.

Но чуть она открыла дверь, по магазину прошёл волной быстрый холодный воздух, и хлопья снега замелькали снаружи. Дверь, оказывается, захлопнули не хулиганы, а порывы ветра. Погода переменилась в пять минут. Снег летел почти параллельно земле. Флюгер на угловой башне вертелся быстрее, чем миксер, когда он взбивает сливки на высокой скорости.

Вика и Шеф петляли по площади Тургенева в метельной круговерти, под дубами и голыми клёнами. По земле за ними на тонком слое снежинок уже вился двойной колёсный след и третий — собачий.
— В такой ветер, — сказала Вика, подъезжая, — опасно ездить. Меня чуть на Шефа не сдуло.

Шеф встряхивался и поглядывал вокруг, а когда увидел Чурова, даже негромко гавкнул пару раз от волнения. Запах снега кружил ему голову. Меловые круги засыпало, снежные точки блестели и таяли. Вика тоже была вся в снежинках — её чёрная парка, белая шапка с пуховым шариком на конце, тёмно-синие сапоги, велик. А вот на Шефе снежные точки были не очень заметны. Шеф и сам по себе был пёстрый.

Они направились к дому. Порывы ветра усилились. Фонари мотало над головой. Заметно холодало. Снег оставлял на асфальте белые блестящие полосы, и уже вилась позёмка. Ветер так окреп, что Вика слезла с велосипеда и катила его рядом. Когда переходили канал Грибоедова, Чуров увидел, как поднялась внизу тёмная блестящая вода.

Байя шла, пригнувшись, и держала руку на животе в просвете расстёгнутой куртки.
— Тренируется, — сказала она Чурову.
Шёл третий день сорок первой недели.

Они вернулись домой. Чуров пошёл тушить куриные сердечки в сливках с куркумой. Вика завалилась на диван с телефоном. Шеф свернулся плотным клубком у батареи. Ветер гремел на крыше, завывал в скважинах, гудел в трубах и проводах. Снег валил.

Байя появилась рядом с Чуровым.
— Сердечки дотушишь, — негромко сказала Байя, — и в роддом поедем. Я такси вызвала. Пойду скажу Вике.

Когда спускались вниз на лифте, Чуров спросил Байю:
— Что ты чувствуешь?

Байя ответила:
— Я чувствую, как будто у меня внутри огромное яблоко, и оно продвигается понемногу вниз.

Чуров попытался представить внутри себя огромное яблоко. Живот отяжелел, ноги налились, потянуло к земле. Снаружи мела метель. Ветер выл, снег залеплял глаза. Прижимая к себе папку с документами и сумку с вещами, Чуров и Байя поспешили к машине.

— Если дальше так пойдёт, к утру не выехать будет, — заметил таксист, выруливая из переулка на проспект.

— Есть риск коллапса, — рассеянно согласился Чуров.

— Ну, уж сразу и коллапса, — сказал таксист, очевидно, перепутав коллапс и апокалипсис.

У роддома они выбрались из машины и, пригибаясь в метели, добрались до двери, над которой помаргивала на ветру лампа. Приёмный покой здесь был не то что маленький — крошечный: клетушка три метра на три, с лавками по периметру, решёткой на окне и густой зеленью на подоконнике. По стенам были расклеены просветительские и пролайферские плакаты. Пахло не обычным медицинским запахом дезинфекции, а чем-то специфическим, роддомовским. Приёмный покой был набит людьми. На каждой лавке сидели по трое, ещё десяток женщин, мужчин и парней стояли,

протискивались туда и сюда, входили и выхо-
дили.

— Кто последний? — спросила Байя.

Никто не ответил.

— Тут не по очереди, — сказала очень бледная
девушка в мокрых джинсах. Очевидно, у неё
отошли воды. — Тут вызывают. Сначала в смотровую зайдите.

Байя постучалась в смотровую, но навстречу ей
протиснулась акушерка с листком бумаги в руке
и скотчем и тут же начала приклеивать на дверь
объявление: «В связи с переполнением приём
27–29 ноября не ведётся. Ближайший роддом
находится по адресу: Леснозаводская улица,
д. 17». Из смотровой слышались стоны.

Акушерка приклеила и повернулась к народу
лицом.

— Так! — надрываясь, прокричала она. — У кого
воды ещё не отошли, езжайте в тринадцатый,
шестнадцатый и девятый! У нас переполнение.
Коек нет даже в коридорах. Роды принимать
некому, все заняты очень плотно, бегаем от одной роженицы к другой.

Поднялся шум.

— Нам на сегодня плановое назначили! У нас контракт!

— Получается, зря приехали?!

— На другой конец города, женщина, ну как так-то?

— А если здесь ночью воды отойдут, тогда возьмёте?

— Куда вы нас отправляете?! — возмутился молодой парень. — Погода видели какая?

— Го-луб-чик! Мы не синоптики, мы врачи! — выкрикнула акушерка ему в лицо, тряхнула скотчем и скрылась в смотровой.

В тот же миг лампочка моргнула, погасла и тут же снова загорелась — тускло, с напряжением: сработали системы аварийного обеспечения. За окном стало абсолютно темно. Весь приёмный покой заговорил, зашевелился.
— Напротив тоже.

— И фонари.

— Вот это повезло так повезло!

— М-м, — протянул Чуров, глядя на экран мобильника. — И сети нет. Масштабный какой-то блэкаут, похоже.

— Поехали домой, — сказала Байя. — Схваток нет почти, тут всё равно не возьмут, и Вика дома испугается без света. А утром на Леснозаводскую попробуем.

Они вышли в метель и отправились ловить машину или маршрутку на проспект. Снаружи творилось невообразимое. Снежную пыль лепило в лицо, в глаза, задувало под воротник. Ноги увязали в сугробах. Чуров поддерживал Байю, они вместе брели к проспекту, сильно наклонившись. Небо переменило цвет: когда ехали туда, оно было, как обычно в метель, красным, его подсвечивал город. Теперь оно стало мутно-серым. Неосвещённый город тоже враз стал совершенно другим. Вдалеке, на проспекте, мелькали фары, но дома стояли чёрные, окна казались провалами. Кое-где в них мелькал огонь свечи или слабое пятно фонарика.

На углу их нагнала такая же заснеженная фигура. — Не в курсе, что случилось? — окликнул человек, поравнявшись с ними. — Сети нет!

— Не знаю! Авария какая-то! — крикнул Чуров в ответ.

Из-за метели слов было почти не слышно.

У слепого светофора они остановились. Чуров вытянул руку, что было само по себе непросто. Их сносило. Они услышали грохот: ветер наполовину оторвал лист жести с рекламного щита, и теперь он болтался и громыхал на ветру. Деревья в сквере гнулись, ветки трещали, но видно было плохо из-за сильной метели. Чуров понимал, что их самих тоже не видно, разве что вблизи. Город терял привычные контуры, координаты: уже не так важно казалось, где тротуар, а где мостовая, не было видно ни дальней перспективы, ни крыш домов. Круг смыкался близко-близко — он, Чуров, столбик ограды, Байя, мутный свет фар в десяти метрах от него.

Впервые Чуров подумал о том, что, кажется, эта метель сильнее всех виденных им метелей, а это значит, что она легко может стать и ещё сильнее — настолько сильнее, что его опыт в подобных делах ничего ему не подскажет. Может, надо было остаться в роддоме. Может, сейчас ветром начнёт переворачивать машины. Или насыплет сразу столько снега, что с головой их занесёт.

Наконец рядом остановился газик с надписью на боку: «Магазин Баклажан. Консервы. Всё для рыбалки и строительства». Чуров и Байя, пригибаясь, влезли внутрь. В машине было мокро, светло, изнутри наружу совсем ничего не было видно.

— Спасибо, — сказал Чуров водителю. — Мы в Коломну. Сколько?

Водитель обернулся — седой меланхоличный человек с бородкой и светлыми-светлыми глазами. — Что вы. В такой шторм. Мы должны помогать друг другу. К тому же мне по пути, — выражался он как-то неуловимо-витиевато.

— Ничего не слышно? — Чуров кивнул на радио.

— Ничегошеньки. Ни новостей, ничего, — проговорил хозяин «Баклажана». — По всем каналам музыка одна. Я уж выключил. На нервы действует. На конец света похоже.

— Нет, — вдруг сказала Байя из темноты. — Конец света будет хуже. Это — когда город мёртвый. Все магазины разорили. Очень холодно. Газа нет, света нет, тепла нет. Воды нет. И везде насрано. Везде трупы и ржавые машины. И собаки стаями бегают. А ребёнок тебе говорит: «Мама, а помнишь, как мы тут мороженое ели».

И потом говорит: «Мама, у меня животик болит»... А самое страшное знаете что? Что есть места, где уже сейчас всё так и есть.

Чурову стало не по себе.
— Будем наблюдать, — пробормотал он, глядя на Байю.

Та затаилась. Ехать было трудно. Дворники не справлялись. Снег залеплял лобовое стекло. Чурову казалось, что они едут по зимнему лесу, — темнота была полная, метель завывала, снег залеплял стекло.

Они повернули на Декабристов. Байя сидела тихо-тихо. Яблоко внутри неё тяжело ворочалось и продвигалось вниз, по миллиметру, спазмами. Но она ничего не говорила, а только сидела тихо-тихо, притаившись в темноте.

— Вроде ветер потише стал, — сказал Чуров водителю на прощанье.
Тот только кивнул им и усмехнулся печально.

Чуров и Байя вошли в подъезд. На лестнице гудели голоса. На четвёртом стояли с фонариками и возбуждённо обсуждали происходящее. Байя шла с остановками. Схватки стали резкими, сдвоенными.

Дверь квартиры ждала их нараспашку. На столе горела свеча. У Викиных ног сидел Шеф. Вика очень обрадовалась.

— Привет! А что... в роддоме тоже света нет?

— Не заходи в комнату, пока папа не разрешит, — сказала Байя и по стеночке прошла к ним. Соседи переглянулись и протянули Чурову фонарик. Чуров побежал в ванну мыть руки, оттуда в комнату. Они заперли дверь. Шеф молча сел у входа.

— Помоги ботинки снять, — проговорила Байя в темноте.

Воды отошли, схватки шли одна за другой. Чуров постелил на полу несколько полотенец друг на друга. Байя стояла на четвереньках, мотала головой и тихо, мерно завывала.

Первые роды у нёе принимали в больнице, куда привозят женщин без паспорта, без регистрации, бездомных и бесправных. Байе очень повезло с акушеркой: именно она и предложила Байе петь на потугах. Но тогда Байе это показалось чем-то непонятным и ненужным. Ей было очень страшно, больно, ей не могло прийти в голову петь — она просто выла на весь коридор, цеплялась за руки акушерки и ругалась. Байя была уверена тогда, что умрёт и она, и ребёнок. Акушерки в роддомах часто кричат на рожениц, но та, что попалась Байе, не сказала ей ни одного грубого слова. Она всё видела и понимала.

Сегодня, стоя на четвереньках посреди комнаты, при свете фонарика, Байя вспомнила её тогдашний совет и стала петь, точнее, мерно завывать. Она стояла на четвереньках и мерно моталась туда-сюда, прихватывая зубами волосы и воротник футболки, выгибаясь всем телом и в такт схваткам завывая полуоткрытым ртом одну и ту же нехитрую тему: ааа — потом выше на квинту — ааа — потом чуть ниже ааа — потом совсем высоко — ааа! — и снова те же четыре звука. Байя завывала мерно, уверенно, выгибаясь: а-а-а! — а-а-а! — пела она, ощущая, что всё происходит, как и должно происходить, а звуки эти — доказательство. Вокруг было полутемно, но Байя, казалось, видит всё очень ясно, и так же ясно, отчётливо видел и понимал всё Чуров.

Муки вдруг изменились, стали острыми и приятными, долгожданными, и на следующей схватке Чуров при свете фонарика увидел перед собой остренький домик поросшей тёмными волосами макушки, как будто лепестки маленького черепа были вложены друг в друга. Последние тридцать секунд — ааа! — аааа-а-а-а-а!.. — и Чуров принял дочь на руки. Она выскользнула быстро, пятнистая и мокрая, как фасолина, мягкая и маленькая, и закричала, не разлепляя глаз.

Байя легла, глядя в темноту почти вровень с полом, а из темноты откуда-то набежали вьюшки, искры, мигания, мерцания. Они повторялись и чередовались через равные промежутки, так же, как раньше — схватки, не давая темноте за окном оставаться слепой и густой. В комнате же и вовсе пространство сквозило светом: здесь был мобильник Чурова, ещё не севший, фонарик и свечка, которую он принёс из кухни. Было темно, но тепло.

Чуров мыл ребёнка под тонкой струёй прохладной воды. При свете фонарика он разглядел слипшиеся волосы, припухшие веки, маленькие пальцы. Девочка была как маленький Чуров, как Байя и как мама Чурова. Чуров мыл маленький шелковистый живот, попу, ножки. Он вытер ребёнка насухо и понёс Байе, положив животиком на руку, а лицом на ладонь, как носил самых маленьких своих пациентов.

Новорождённая девочка взяла грудь. Чуров укрыл всех одеялом, прошёлся в волнении от окна к дверям, собрал с пола то, на чём рожала Байя, и позвал с кухни Вику. Чуть виляя хвостом, Шеф подошёл к Байе с дочерьми и лёг рядом, у дивана, — не слишком близко, но так, чтобы вместе.

Зелёным засветился экран чуровского мобильника: пришла эсэмэс. Это означало, что сеть снова появилась.

«27 ноября, — писало Министерство чрезвычайных ситуаций, — в Петербурге и области ожидается снег и шквалистый ветер».

— М-м! — сказал Чуров. — Перепугались-то все. Конец света и всё такое. А всего лишь блэкаут, снег и шквалистый ветер.

Тут Чурову пришла ещё одна эсэмэс.

«Перезвони», — писала Елена Захаровна. Написала, несмотря на то, что не его дежурство и что света нет во всём городе.

— Алло, — послышался далёкий полуобморочный голос Елены Захаровны. — Чуров, Н. ушла.

— Как?! — Чуров чуть телефон не уронил. Его мгновенно прошиб пот.

С Н. у них несколько дней назад вышел большой скандал — на другом отделении некая специалистка решила назначить инфузионную терапию *уже* на фоне острого миокардита. После реанимации девочку перевели к ним на отделение. Чуров долго говорил с её разгневанным папой, который не понимал, что Чуров не напортачил, а, наоборот, пытается исправить то, что напортачили другие. И вроде удалось её стабилизировать. А теперь, значит, вот так.

— Из-за электричества, — кричала в трубку Елена Захаровна. — Когда свет вырубили, у нас автономная система, но скачок напряжения...

— Напишите, что моё дежурство, — сказал Чуров. — Быстрее, прямо сейчас. Что мы поменялись, напишите. Ждите, выхожу.

Он заметался по комнате. Наткнулся на стол. Попытался сообразить, что же должен взять с собой. За окном света пока нигде не было — полная, чернильная тьма. Снегу там, наверное, подумал Чуров. Как добираться-то. *Что ему буря, что ему ветер, если распухло горло у Пети. Зной или стужа, день или ночь...*

— Папа, ты уходить собираешься? — затревожилась Вика. — С мамой всё будет хорошо? Им в больницу не надо?

Чуров остановился, держа в руках бумажник. Шеф встал и процокал когтями поближе к Чурову. Сел рядом. Чуров вгляделся в темноту, где на диване лежали Байя с новорождённой. Посветил фонариком. Обе спали. Байя ровно дышала. Малышка мелко посасывала во сне.

— Я вызвал скорую, — сказал Чуров. — Но вряд ли они доберутся раньше утра.

— А ты на дежурство? Ты скоро приедешь?

— М-м, — сказал Чуров.
Он не знал, что ответить. Его посетило странное чувство, вернее, не посетило, а незаметно нахлынуло, охватило целиком. То самое чувство, хорошо знакомое ему, которое он впервые испытал, когда стоял в маленькой комнатке этажом ниже, глядя на Байю и шестимесячную Вику. Как и тогда, он уже почти знал, что случится, уже почти понял, ухватил смысл происходящего, но догадка ещё не вошла в него. Вот и теперь Чуров, уже опытный, удерживал свою догадку на периферии взгляда, в слепом пятне, и не давал ей проникнуть и стать видимой. Вместо этого он снова стоял и нерешительно смотрел в полутьме то на Вику, то на Байю и новую девочку.

Шеф под ногами тявкнул, завертелся, коротко заскулил. Чуров присел.

— Хорошая собака, — он стал гладить Шефа, тот ласкался, лез на Чурова лапами и почему-то всё поскуливал. — Да ты моя умница...

* * *

Температура упала за ночь на двадцать градусов. Серые обрывки гирлянд свисали там и сям с ёлок, карнизов и фонарей. Кое-где не удалось восстановить и освещение. Троллейбусы не ходили. Светофоры не работали. Машин на улицах почти не было. Пешеходов не было совсем. Неву замело по края. Снег казался фиолетовым и сухим как порох.

— Значит, так, — сказал главврач, пододвигая к Чурову бланк заявления об уходе по собственному желанию. — Вам всё равно скоро придётся уйти, вы сами уже себе подписали, когда согласились, что дежурство было ваше. И это будет суд, реальный срок, запрет на профессию. Вы можете уйти, можете остаться, дежурство уже было ваше, вы это понимаете. Просто я не хочу, чтобы мне говорили — он после этого у нас работал.

— Вы сами понимаете, что виновато не наше отделение, — сказал Чуров. — Виноват лечащий врач, который проморгал ревмокардит, — он сделал паузу, но главврач не возражал, только лампочка гудела с напряжением. — Вы же не по-этому меня увольняете.

— А неважно почему, — сказал главврач, задрав очи к потолку кабинета.

— М-м! — протянул Чуров, и прозвучало это так, как Чуров никогда не звучал: по-чурбановски, презрительно, окончательно. — Давайте заяв-ление. Но учтите, я имею право проработать ещё *две недели.*

* * *

Чурбанов прибавил шагу. Как всегда, одет он был легко, даже без шарфа. Сильнейший мороз выбелил небо, укоротил дыхание, а снегу нава-лило выше колена. Но на проходной всё было спокойно, как в начале времён. Охранник ску-чал, кротко сложив руки на брюхе. В углу рабо-тал крошечный телевизор. Там мелькали серые пятна, слоились полоски. Чурбанов набрал Чу-рова. Гудки не шли, как будто здесь вообще не было сети.

Чурбанов перегнулся через барьер.
— Мне к Чурову.

— Проходите, — охранник даже не взглянул на него.

— А куда?

— Да вперёд, — сказал охранник, всё не отрываясь от светящейся мельтешни. — Вперёд, а там увидите.

***

Зайдя в ординаторскую, Чуров нашёл там свой остывший трёхдневный чай. На поверхности чая плавала плёнка. Рядом на столе валялись обломки сушек и фантики. Чуров осторожно, стараясь не шатать стол, присел и отпил немного из чашки.

Прибежала Елена Захаровна.
— Иван Александрович, вы зачем на три дежурства подряд поменялись?! Я всё понимаю, но девочку уже не вернуть, а у вас новорождённая дочка, шли бы вы домой, к чему это ненужное геройство.

Чуров глянул на неё и сказал:
— Почему только на три дня, Елена Захаровна? Я две недели здесь просижу. Только ничего не спрашивайте. Хотите вылечить всех, кто с пороками сердца неоперируемыми, ревмокарди-

ты те же, запущенные артриты, артрогрипо-
зы... Хотите быстрое и полное выздоровление,
тащите всех сюда, только ничего не спрашивайте.

Елена Захаровна посмотрела в угол.
— Ну, я так и думала. Помогу вам.

— Спасибо, — сказал Чуров, тоже не глядя на неё.

— Товарищ-то ваш здесь?

— Минут через десять будет.

— Как придёт, так начнём. Шестую освобожу,
где места больше, — она повернулась к двери.

— Елена Захаровна, — позвал Чуров, — а вы вот
говорите, что нам поможете... а вы... м-м... потом, ну, после всего, сможете тоже помочь, когда нужно будет уже... ну, вот, м-м-м... завязывать?
Не боитесь?

— Конечно, — озабоченно глядя в пол, кивнула
Елена Захаровна. — Конечно, Иван Александрович. Можете на меня рассчитывать.

— Спасибо, — ещё раз повторил Чуров. — Хорошо.

(— ...И о погоде, — доложил телевизор. — Весь мир не без опасений следит за тем, что происходит сейчас с тёплым морским течением в Атлантическом океане, которое мы привыкли называть Гольфстримом. По причине продолжающейся погодной аномалии, факторы которой до сих пор не разгаданы... продолжается замерзание, и льды блокируют... температуры в прибрежных зонах уже сейчас достигли своих исторических минимумов. Над Атлантикой формируется беспрецедентный... и мы пока не имеем представления...)

Чуров заглянул в чашку. Там плавал и бился жёлтый полумесяц — не лимон, а отблеск лампы. Чуров рассеянно отхлебнул. *Как там мама*, подумал он. *Волнуется?*

— Иван Саныч! Можете рентген посмотреть? — позвали из коридора.
Чуров отставил чай и пошёл смотреть рентген.

* * *

Чурбанов толкнул вертушку и вошёл во двор. Он впервые увидел всё, чего Чуров в повседневности уже не замечал. Справа — желтоватая двухэтажка с огромными окнами и высоким крыльцом: главный корпус. Впереди шесть этажей,

с карниза свисают огромные сосульки, вмах застывшие, когда грянул мороз. Двор больницы был заметён, дорожка к крыльцу — чисто выскребена. Фонтан, ограда палисадника, поребрики — ещё с лета раскрашены розовым, жёлтым и голубым. Обычно во дворе гуляли, но не сегодня.

Чурбанов огляделся, выпрямился, пошёл вперёд через двор и увидел Чурова. Тот стоял на крыльце в зелёных штанах и мешковатом белом халате с большой улиткой на животе.

Чуров впустил Чурбанова в предбанник. Столб морозного пара ворвался с ними.

— Привет, чувак, — сказал Чурбанов.

— Привет, — пробормотал Чуров. — Пошли. Счас найдём, куда тебя засунуть.

— Давай только гуманно, — сказал Чурбанов. — Хочу последние денёчки провести в относительном комфорте. Буду веселить детей и мамаш анекдотами, а пока они спят — глушить медицинский спирт. Карты вот захватил... Имею право?

— М-м, — сказал Чуров.

* * *

Байя с младенцем лежала в кровати, в темноте. Девочка сосала её грудь, и в такт её сосанию сквозь завывание ветра было едва слышно, как на той стороне канала тестомешалка на хлебозаводе толчками вымешивала густую массу. Бух, бух, шмяк; через три сосания на четвёртое младенец проглатывал молоко. Ветер взял верхнюю ноту, свистнул в дымоходе, и тестомешалка остановилась. Одновременно погасла и призрачно-масляная полоска на потолке — вырубили свет во всех домах. Байя подхватила младшую и вышла из комнаты. В квартире было темно. Вика сказала, что свет отключили, и Байя подтвердила, глядя в окно, что отключили его во всём районе.

Стёкла всё сильнее звенели и тряслись, град стучал по подоконнику, что-то угрюмо гудело над крышами, но что именно, не было видно за тучами. Байя попыталась набрать Чурова, но сеть уже пропала.

Дочка Валентины Авдеевны в это время стояла на лестнице. Вода была внизу, а наверху молча столпились жители подъезда. Здесь никто не орал, паники не было, даже дети стояли молча. Люди держали свечи и фонарики. На облупленном потолке колебались тени. Она стояла, прижимая сумочку к боку. В сумочке были открытки. Сняла их со стены: поздравления, пожелания, глобусы, материки, пёстрые подписи, шутки о географии. «Географии учитель — наш живой путеводитель». «Просим вас от души — продолжайте урок!» «Если вы заблудились в лесу...» «А Колумб ни в чём не виноват». Нарисованный мелом материк, а на нём вместо городов-миллионников — красные сердечки.

Сильный хлопок внизу: вышибло окно. Снизу поднялась ледяная волна, пока — только воздуха, но свечи задуло сразу. Осталось два фонарика — почти темнота. Вой и грохот стали ближе, громче. Кто-то заплакал, кто-то заговорил. Она поднялась на несколько ступенек выше, сжимая в руке открытку, которую больше не могла разглядеть.

В больнице свет продолжал гореть ещё несколько часов, и в холле четвёртого этажа, где сгрудились пациенты и врачи, было хоть и тесно, но не темно. Работали все приборы, кроме тех, что в реанимации, которая находилась на первом, что всегда было очень удобно, а в ту ночь вдруг стало по известным причинам неудобно. Аги рассказывала Фёдору, куда они поедут будущим летом.

— В этом селе, — говорила Аги, — все живут ради искусства. Там все — художники. И у всех татуировки. Каждый делает татуировку другому.

— Такую, как сам хочет, или такую, как хочет тот, кому делают?

— По-разному, то так, то эдак. Ты бы как хотел?

— Я бы хотел, чтобы как художник хочет. Потому что у меня нет фантазии.

Аги хотела было возразить, что у Фёдора очень даже есть фантазия, что он и сам может быть художником, но вовремя сообразила, что не стоит внушать ребёнку веру в себя, когда время так близко. Вместо этого Аги поспешила сообщить ему, что в августе жители деревни художников выкладывают целые картины из яблок, слив и груш, создают портреты из кабачков и свёклы (тут Аги снова едва удержалась от дидактического направления «а какие овощи ты знаешь» — Фёдор был не силён в агропромышленности).

Она говорила:
— Ну, граффити, которые я делаю, ты видел, но это в городе, а там поля, и там можно целые огромные круги и квадраты на земле создавать, высевая разные растения, так что только с самолёта можно разглядеть. Ну и конечно, дома и колодцы в этой деревне все раскрашены в такие цвета, что тебе и не снилось, а из капусты складывают пирамиды и строят башни.

Торопясь, Аги выкладывала Фёдору всё новые подробности, под плач детей в холле, вой и рёв снаружи, который усиливался, и не считая секунд и минут, которые пока продолжали идти вперёд.

— А кто там на окне сидит? — спросил Фёдор. — Это медсестра?

— Никто не сидит, — ответила Аги быстро, не отвлекаясь. — Никого там нет. Совсем никого. Ну так вот, слушай дальше.

Между прочим, окон в холле больницы и вовсе не было, только пластиковые двери с матовым стеклом. Из-за особенностей аварийного энергоснабжения свет здесь погас медленно, как в театрах перед началом представления. Но и когда он погас, Аги не заткнулась, а придвинулась поближе к Фёдору и, продолжая рассказывать, закрыла глаза — оба, и тот, который видел всё, и тот, который продолжал ничего не видеть по мере того, как она, продолжая рассказывать, его закрыла.

17. Начало

— Чурбанов и Чуров, — хмыкнула медсестра. — Вот это совпадение. Мало того, что одноклассники, так ещё и фамилии похожие.

Мама Чурова озиралась, перебирая в руках документы и ужасаясь надписям на дверях: «контакт по кори».
— Надеюсь, у него не корь?

— Надейтесь, — хохотнула медсестра, и они закатили Чурова в тёмную, тёплую тесноту.

Чурова передёрнуло от хруста пружин и холода новой постели — и тут же продрало ознобом ещё раз от шерстяного тепла: мама накрыла его одеялом. Она сидела рядом, налитая чернотой, тощая, вся в шоке, а ее пушистые волосы были как раскалённые проволочки, освещённые лампой из больничного коридора.

Сосед по койке жутко, надрывно кашлял во сне под одеялом.

— А что, это правда Чурбанов? — подал голос Чуров.

— Он самый, — подтвердила медсестра.

— Что-то не знаю такого, — сказала мама Чурова.

Задира и приколист Чурбанов пришёл в чуровский класс недавно, в середине года. Из предыдущей школы его выперли. В конце января все начали болеть, собственно, Чурбанов и занёс заразу, как впоследствии — всякую новую моду, и вот уже три недели все с трудом обходились без Чурбанова, вроде как его даже положили в больницу, и Чуров ещё подумал со смесью восхищения, боязни и зависти: м-м, ну вот, с некоторыми случаются всякие ужасные и интересные вещи, а со мной никогда.

Чуров вообще завидовал Чурбанову: какой-то я недоделанный, толстый и тормозной. Вот, например, когда штаны надеваю, я дурацкий. Ботинки тоже дурацкие, да и шапка. Причёска... ну, нормальная причёска, обыкновенная, но волосы торчат, и лицо какое-то кислое, капустное и скучное. Чуров не знал, что со стороны выглядел много лучше, чем ему казалось. Одноклассники нормально относились к Чурову. Учителя так и вообще любили. «Знаешь, кто мне из пятого "Б" больше всех нравится?» — трудовик физруку. «Да нет вопросов! И мне! Ванька Чуров. Он ну прям такой, он, ну, настоящий». А чего такое — настоящий? Если такое и есть настоящее, чтобы штаны сваливались всё время и жопа чесалась, то на фиг, лучше уж ненастоящим, как Чурбанов, быть.

Медсестра прикатила ещё одну капельницу. Чуров любовался, полуоткрыв глаза, на квадратное розовое окно. Сбоку на стене вроде тоже был квадрат, но если повернуть голову, то он исчезал. Наверху, на высоте штатива, в хрустальном флаконе высилась сияющая жидкость, и по прозрачной гибкой трубочке шуршали тоненькие тягучие капли стекла, вливаясь в Чурова.

* * *

На завтрак Чурбанову принесли яйцо и кашу, и он, необычайно смирный, выскоблил тарелку до дна, а яйцо облупил и съел на глазах у Чурова. Чуров смотрел на завтрак Чурбанова как на кино. Чурбанов при яйце казался удивительно обыкновенным и печальным. Его никто не навещал. Чуров наблюдал, как Чурбанов выскабливает тарелку, облизывает ложку и ставит все приборы в специальный отсек, откуда, открыв другую дверцу (из коридора), их забрала медсестра. Чурову в тот день еды не полагалось.

Потом в их бокс, и так тесный и душный, вкатили ещё одну койку и оставили в проходе аккурат между Чурбановым и Чуровым, так что теперь места в боксе не было совсем. На койке лежал пацан лет пяти, белобрысый и тощий. Вместе с ним вселилась бабушка. Она долго кряхтела, подстилая себе газетку под койкой внука. Чурбанов, оценив обстановку, предложил бабке сыграть в подкидного. Бабка от картишек отказалась, но предложила Чурбанову развлечь внука, пока она сбегает в магазин:

— В больницу его всё время кладут, потому что порок сердца. Поэтому чуть только чихнет, его сразу в больницу. Вот я с ним и лежу везде, а мне-то еды не полагается!

Порывшись в недрах своего грязного и драного пуховика, Чурбанов извлёк на свет карты. Карты у Чурбанова были засаленные, пахли куревом (валялись под подкладкой, вперемешку с табаком, который высыпался туда из окурков, подбираемых Чурбановым; у Чурбанова карманы вечно были набиты окурками, жвачками и леденцами). С картами он подсел к мелкому и спросил:

— Тебя как зовут? Хочешь, в дурачка научу?

— Федя. А я и так умею, — пропищал мелкий. — Я во всё умею играть: и в подкидного, и в переводного.

— Круто! — сказал Чурбанов и процитировал из рекламы: «Какой ты умный, это что-то!» — Тогда я тебя научу в покер, — он оглянулся в поисках третьего, но бабушка ушла за едой в магазин. — Чуров, не спишь? Будешь с нами в покер?

— Я не умею.

— Не умеешь, научим.

— Ладно, — Чуров сполз, подзавернувшись в одеяло, и они втроём водворились в месиве хлама на чурбановской койке, где-то между джинсами и заплесневелым огрызком.

Чурбанов наскоро объяснил правила, но это ему быстро надоело.
— Начинаем, — объявил он.

Они начали играть. Ангелочек Федя соображал как чёрт. Чуров плавился и вздрагивал, игра казалась ему сплошным сумбуром, он то показывал карты, то вообще терял нить сюжета, — стрит? опять, что ли? Чуров проигрывал, и тут под конец выяснилось, что играли на деньги. Денег у Чурова сроду не водилось.

— Ладно, прощаю, — сказал Чурбанов. — Федя, ты супер-способный... Иди-ка к себе на кровать, а то описаешься тут у меня.

Чуров закрыл глаза и стал медленно проваливаться в дремоту. Сначала перед глазами плясало только яркое месиво из красно-жёлтых ниток. Потом стал вывязываться красный узор — повторяющийся, одинаковый, бестолковый: островерхие пики сменялись маленькими пузырьками, затем следовал ровный спад, снова пик и снова пузырёк. Как будто кто-то лил тонкой струёй клюквенное варенье, и получалась ровная тонкая красная дорожка — пик, спад, снова пик, пузырёк.

Сверкала по трубочке серебристая жидкость со стеклянной высоты. Под койкой ярко-чёрные резиновые ботинки Чурбанова стояли носами друг к другу.

* * *

Чурбанов зашёлся кашлем, перекатился на другой бок и чётким жестом в зеленоватом полумраке палаты натянул на голову простыню. Он был весь мокрый. От матраса пахло сыростью, землёй. «Наверное, предыдущего больного похоронили», — подумал Чурбанов. Такие мысли приходили ему в голову без особых эмоций. «Лампа блядская из коридора, как бы её выключить».

Врач заглянул в палату. Чуров лежал, прикрыв глаза. Чурбанов плевался жёваной бумагой в стенку, пытаясь попасть в пятно облупившейся краски.
— А где бабушка? — спросил врач у Феди.

— Пошла за едой, — пропищал юный картёжник.

— Ясно... А с тобой, — врач подсел к Чурбанову, — я должен поговорить. Я знаю, что ты

ждёшь четверга. Но прости. Пока не получается. Рентген не очень, надо менять антибиотик.

— Чи-во-о? — Чурбанов не поверил ушам.

— Ничиво. Придётся ещё полежать, вот чиво.

— Нет! Я не собираюсь тут торчать! И сколько?!

— Ну... Неделю как минимум. Скорее, две. Ну,
прости, но пойми, мы не можем тебя выписать
так. И мать не подпишет согласие, ты ещё не
вылечился.

— Да при чём тут мать?! Я так уйду.

— Сдохнуть хочешь?

— Ну чё сразу сдохнуть-то, — пробурчал Чурбанов.

Всё рушилось. Ему хотелось орать. Ещё две недели. Бля!.. Он с ума здесь сойдёт. Чурбанов
закрыл за собой дверь туалета, посмотрелся
в зеркало, запустил пальцы за щёки и скорчил
рожу. Две недели, и никуда отсюда не деться.
И правда, проще сдохнуть.

Вдруг Чурбанов подумал... Вернее, нельзя сказать, что прямо «подумал», слишком уж быстро

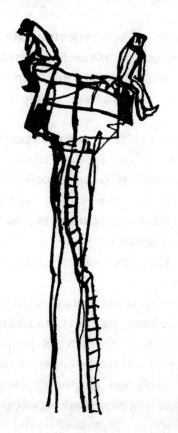

это произошло. В общем, Чурбанов подошёл к наружной двери бокса. Во все боксы есть вход снаружи. А там пандус. И по идее эти двери открываются.

Чурбанов подёргал. Дверь немного подалась. Посыпалась краска. Лет пять не открывали.

— Ты чё, зачем? — подал голос Чуров.

Чурбанов не обращал внимания. Он дёргал дверь туда-сюда, рывками не размашистыми, но очень сильными. Наконец дверь со скрипом и хрустом распахнулась.

От сквозняка тут же приоткрылась и дверь в предбанник. По палате пробежали блики, квадраты света. Запахло зимой, снегом. Снаружи мело. На галерейке снег был нетронутый, по колено. Чурбанов сделал шаг наружу, но руку оставил на косяке.

— Чурбан! Ты куда?

Чурбанов минутку постоял так, наполовину в темноте, наполовину на свету, наполовину внутри, наполовину снаружи. Тёплая февральская ночь была прозрачной от фонарей и метели. Перед Чурбановым белел широкий двор. Напротив в маленьком флигеле горела настольная лампа в окне. Морг, — подумал Чурбанов с мрачной уверенностью. (Так оно и было.) За флигельком виднелось поле, из снега торчали былинки. За полем и забором по дороге ездили машины, автобусы.

— Ты куда? — снова позвал Чуров.

Чурбанов ещё с полминуты постоял неподвижно, потом шагнул назад и захлопнул дверь.

— Чё зассал-то. Я просто проветрить. Душно, как в жопе. Воздуха нет, дышать нечем. Это тебе, наверное, воздух не нужен, ты можешь не дышать. А я не могу.

— М-м, — сказал Чуров.

Петербург, 2019

Литературно-художественное издание

Букша Ксения Сергеевна
ЧУРОВ И ЧУРБАНОВ

Роман

Содержит нецензурную брань

Главный редактор *Елена Шубина*
Редактор *Дарья Сапрыкина*
Младший редактор *Анастасия Бугайчук*
Художественный редактор *Константин Парсаданян*
Корректор *Ольга Грецова*
Компьютерная вёрстка *Елены Илюшиной*

http://facebook.com/shubinabooks

http://vk.com/shubinabooks

Подписано в печать 07.11.2019. Формат 84x108/32.
Печать офсетная. Усл. печ. л. 15,12.
Тираж 2500 экз. Заказ № 11406.

Общероссийский классификатор продукции
ОК-034-2014 (КПЕС 2008); 58.11.1 — книги, брошюры печатные

Произведено в Российской Федерации
Изготовлено в 2019 г.

ООО "Издательство АСТ"
129085, г. Москва, Звёздный бульвар, дом 21, строение 1, комната 705,
пом. I, 7 этаж
Наш электронный адрес: www.ast.ru
Интернет-магазин: www.book24.ru

"Баспа Аста" деген ООО
129085, Мәскеу қ., Звёздный бульвары, 21-үй, 1-құрылыс, 705-бөлме,
I жай, 7-қабат
Біздің электрондық мекенжайымыз: www.ast.ru
E-mail: astpub@aha.ru

Интернет-магазин: www.book24.kz
Интернет-дукен: www.book24.kz
Импортёр в Республику Казахстан ТОО "РДЦ-Алматы".
Қазақстан Республик сындағы импорттаушы "РДЦ-Алматы" ЖШС.
Дистрибьютор и представитель по приему претензий на продукцию
в Республике Казахстан: ТОО "РДЦ-Алматы"

Қазақстан Республикасында дистрибьютор және өнім
бойынша арыз-талаптардықабылдаушынынөкілі
"РДЦ-Алматы" ЖШС, Алматы қ., Домбровский көш., 3 "а", литер Б, офис 1.
Тел.: +8(727) 2515989, 90, 91, 92, факс: +8(727) 2515812, доб. 107
E-mail: RDC-Almaty@eksmo.kz
Өнімнің жарамдылық мерзімі шектелмеген.

Өндірген мемлекет: Ресей

Отпечатано с готовых файлов заказчика
в АО «Первая Образцовая типография»,
филиал «УЛЬЯНОВСКИЙ ДОМ ПЕЧАТИ»
432980, Россия, г. Ульяновск, ул. Гончарова, 14